オタク中年女子のすすめ

#40女よ大志を抱け

河崎環

プレジデント社

#暗闇バイク#上腕二頭筋に頬ずりした
筋でもいい#イケメンは至高#イケメン
も至高#推しが尊い#萌え苦しい#萌え
養分になりたい#今日も推しのために
私が石油王だったなら#これで1週間
沼#J#ヅカ#タニマチ#伝統芸能系#だ
マンはやめとけってあれほど#清い水
まない#インスタを見る手が止まらない

オタク中年女子のすすめ

＃40女よ大志を抱け

はじめに

「妙齢」ガールズ、ビー、アンビシャス

「人生の喜びってのはさぁ、ほころびから生まれたりするもんなんだよ」

よしながふみさんの大人気コミックを原作とし、2019年4月に満を持してスタートしたドラマ『きのう何食べた？』（テレビ東京系列）。町の小さな弁護士事務所に勤務する、倹約家で几帳面な弁護士の「シロさん」こと筧史朗（演：西島秀俊）が、「40代男二人の同居生活の食費がかさむ」と言ってピリピリする。そこに同居相手で恋人の美容師「ケンジ」こと矢吹賢二（演：内野聖陽）が、シロさんに叱られた原因であるコンビ

ニ購入のハーゲンダッツを見つめ、ポツリと呟いたのが冒頭の一言だ。

カロリーだってお値段だって高め。40代が体の線を緩ませたくないなら、そんなものを日ごろから食べつけている場合じゃない。それに地元の「中村屋スーパー」の、月に何度かの割引日を待って買えばその方がはるかに安い。そう考えるシロさんにとって、美意識的にもお値段的にもハーゲンダッツはありえないチョイス。でも「こんな夜は甘くて美味しいアイスを二人で食べちゃおう」と思い立って、コンビニから正価で二人のために買ってきたケンジの思いはプライスレスなのだ。

仲直りをした二人が並んでアイスを食べるシーンが流れると、ツイッター上には「かわいい」「こんなに美味しそうにハーゲンダッツ食べる人たち見るの初めて」と絶賛のツイートがあふれた。

そう、人生の喜びってのは往々にして、生真面目に几帳面に計画した想定の「範囲外」、ほころびから生まれる。ほころびを発生させてもなお自分の体幹を保ってしれっと軌道に戻れる筋力が、あるいは、ほころびそれ自体を愛してそれと同居して生きる余裕や達観が、もしかして大人のしなやかさって呼ばれるものなのかいな。なーんて、20代女子の黄色い声ばかりが響く若手イケメンバンドのライブで満員電車みたいな生ぬるいモッシュの波に体幹でしなやかに耐えながら思ったりする、ほころびた45歳アタクシの今日この頃である。

『オタク中年女子のすすめ』なんて、こんなタイトルの本をわざわざ手に取ってくれるあなたは、そういうほころびを積極的に楽しんでくれる人じゃないだろうか。どちらかというとあんまり世間に大声で言えない（かもしれない）、決して褒められない（かもしれない）、必ずしもモテない（かもしれない）、そんな趣味のひたすらの深掘りを人生の相棒とする「オタク」に、容赦のない「中年女子」の組み合わせ。実のところ筆者でさえ、今後「オタク中年女子の著者」と呼ばれる未来を受け入れるのに、ちょっとした勇気を要した（要したよ！）。

だが世間一般の認識（おそらく）に反して「オタク」や「中年」という言葉に「げっ

絶対イヤ」みたいな脊髄反射的拒否感のないあなたは、きっと「人に答えを教えてもらう女」じゃなくて「自分で答えを出したいと思う女」なのだろう。

「話を聞いてもらいたいだけの女、解決策を教えたがる男」と、その永遠のすれ違いぶりを世間でもよく指摘されるけれど、その通りなのだ。

自分で答えを出す私たちは人に話をしながら、考えをまとめている。自分の中で状況を確認し、分析し、仮説を立て、機を見て自分から動き反省もする。あらぬ角度から入れ知恵をされたり、「この俺（↑誰だよ）が助けてあげるんだから感謝してね」感たっぷりに要らぬ手を差し出されたりすると、にっこり笑って「一旦持ち帰らせていただきますねー」「検討しますねー」と後ずさりでその場を離れ、暗がりに掘った穴に向かって「それ、要らないんだけどーー、どー、どー……（↑エコー）」と、王様の耳はロバの耳。アドバイスが欲しかったり、手を貸して欲しい時は自分から言うからさぁ、と、ハイボールで串焼きなど喰らう。

「PDCAサイクルを回す」とか、したり顔の古いマーケティング論なんかへッ、である。プラン（計画）、ドゥー（実行）、チェック（評価）、アクション（改善）っすか。ウチらは少女時代からセルフPDCAを24時間フル回転して人生やってきてますけど？

この本は、そんな自由な大人の女たち、つまり自分を構成するいろいろなパーツを場面や必要に応じていい感じにトガらせたり丸めたりが上手になってきた「妙齢の女子たち」に捧げる。そう読んで「あっそれそれ、アタシってばその妙齢だわ」と思ったら、実年齢なんか何であれドンピシャだ。ぜひこのままゴイゴイ読み進めていただきたい。

前作『女子の生き様は顔に出る』を刊行したとき、タイトルに「女子」を入れるにあたって、実は私には葛藤があった。女性の中には「女子」という言葉への反感がある人がいることも嗅ぎとっていたし、「女子」という言葉の使われ方、広がり方に、当の「女子」たちが実は腑に落ちていないのは明白だったからだ。みんな、自分たちを「女子」と呼びながら、本当はどこか自虐的だったり、あえての確信犯的だったり、「女子（笑）」という感じで冗談めいていたり、なんか落ち着かなかったり。

日本で義務教育を受けた人なら皆、「女子」の対語が「男子」で、それが小中高では常識的に使われていることを知っている。

私はいま大人と呼ばれてしかるべき、とっくの昔に小中高を卒業した女性たちが自分たちをメタ的に「女子」と呼ぶとき、その深層にはあの頃の記憶や想い、そしてどこか自分たちが「男子」なるものの対角線上にいるとの意識があるのだと思う。彼らを漠然と対角線上に置いて、私たちは自分を「女子」と呼ぶのだ。実際の年齢や、女っぽさ、あるいは「女っぽくなさ」なんか関係なく。

つまりここで私たちが名乗る「女子」とは、年齢や女度や外見や、何ら具体的な条件を指しているものではなかった。人間を「男子」「女子」の二項で語るとすれば、自分は選ぶならば「女子」側であるとの、ごく抽象的な魂のあり方の宣言だったのではなかろうか。

女と男、それぞれが自分たちを語るボキャブラリー、それはファッションを見ると明白だ。

女性には、自分たちを包むファッションがマスキュリンからフェミニンまでどんな素材でもデザインでも揃い、豊かなファッション言語を持っている。「どんな女も『女』である」、ファッションがさまざまな女をあるがままに許してくれるのだ。

対して男性ファッションの幅は、徐々に広がりつつはあっても、もともとがとても狭い。「男らしさ」「男の好む自己像」が固定していたのが原因なんじゃないかって、私は思っている。ファッションの語彙力の低さは、つまり男が自身を語る表現力、語彙力の低さを直接反映しているようで、男子には「男子でなくなる自由」が制限されているみたいに思える。

さまざまな女が、ファッションという語彙によってあるがままを許してもらえる。ファッションという自己表現によって、「女子」には「女子でなくなる自由」もかなり許されているのだと気づく。私たちが生きるいまとは、そんな時代なのだ。

平成最後の初詣、私は神様に向かって実に漠然としたお願いをした。

「今年が終わる頃、私は私を好きでいられますように」

本当は「次の年号が変わるとき」とか「人生が終わるとき」とか、もっと大胆に多くを望む気持ちもチラっとあったのだが、やっぱりPDCA的にはちゃんと経過観察と結果分析ができるように小さな単位のほうがいいよね、と1年だ。お賽銭もチャリーンと謙虚なので、お願いも謙虚に。勝手にしろよと言われそうだが、ええ、勝手にしてます(笑)。

令和の時代がスタートを切ったいま、私たちの課題は、ほころびを楽しめるキャパのある大人になること。さあ、ちょっとした冒険だ。前作で「男にロマンがあるのなら、女にだってそれがあっていい」と書いたが、きちんと生きている女に生じたほころびにこそ、女のロマンの予感がする。

40代、いや、自己申告で「妙齢」なら何だっていい。
「妙齢」ガールズ、ビー、アンビシャス。ほころびから冒険を始めよう。

目次

はじめに　「妙齢」ガールズ、ビー、アンビシャス……2

第1章　40は女の鬼門？……23

ストライクゾーン半世紀……24

バリキャリのはずの彼女の何が一体どうなっているのやら……24

年下男を駿足で捕まえる肉食、クーガー女とピューマ女……27

オッサン・オバサン化の予兆とは「神経が死ぬこと」……29

#暗闇バイク」アンダーグラウンド……32
暗闇でいったいナニが行われているのか……32
煩悩全開のポジティブスパイラル……34
「ただのフィットネスじゃない、これは生き方なんだ」……38
あなたのSNSストレスはどこからくるのか……42
SNS社会の本質を言い当てた名言……42
誰も彼もSNSの片棒を担いでほぼ同罪……44
社会をフラットにするネット文化の、その先……47
女40代の挫折　〜放送人たちの光と影〜……49
40代の私たちが闘う相手とは……49
「こういう場所にたどり着くのかという虚しさがありました」……51

「幸せな家族連れが目に留まるようになって……」 54
経験とプライドを一度黙らせて、自己変革に取り組む知性 58

第2章 日本社会と子育ての壁 61

「意識高い町」武蔵小杉から庶民的な店が消えていく…… 62
ムサコで育った私が、いまムサコに言いたいこと 63
武蔵小杉がセレブな町の仲間入り、だと……？ 66
ムサコのタワマン群、ゴジラによって焦土と化す 67

3歳の壁、小1、小4……子育てに壁が多すぎる 70
日本の子育ては〝壁〟だらけ問題 70

〝壁〟が連呼される仕組みとは …… 73
子育ては「自分の過去」と照らす作業だから悩む …… 76
日本社会にはびこる子供ヘイトの本質 …… 79
子供が生きづらい社会だ …… 79
「親の顔が見たい」の心理 …… 82
実は「字が汚い人」ほど頭がいいってホント？ …… 84
美文字の秀才と、悪筆の天才 …… 84
日本の国語教育では「悪筆は恥」と刷り込まれる …… 86
「字が綺麗？　だから何？」だった米国 …… 88

第3章　それでも前を向く女たち

それでも前を向く女たち……91
真矢ミキが見せた「まき直す」人生　30代どう生きる?……92
ねえねえ日本、女のピークは20代だとか言っててていいの?……92
人は皆、やっぱり、諦めずに何か頑張り続けている……94
じゃあ、輝く40代のために30代で準備することって?……97
フランス女性のような「精神の自由」をインストールしよう……100
産まないと決めた40代のイイ女に何が起きているか……102
安室奈美恵さんの引退がアラフォーに与えたインパクト……102
女にとって40が特別な数字である理由……104
産まないと決めた女、おっぱいにさよならした女……105
「色々あったけど女に生まれてよかった」……107

東京医科大の点数操作は「必要悪」？　女性医師の本音……109
医学部受験生の中では「あるある」だった……109
医学部受験は、ある意味、就職試験……111
日本の医療は医師の過重労働の上に成立している……113
女性医師がぶつかる壁は女性医師だけの問題じゃない……116

絶対アウトなセクハラの重みをオジサンが理解しない訳……119
辞任が早かったのは「本人も分かり切っていたから」……120
思考停止オジサン……121
パワーバランスの川上と川下……123
自分は被害者になるわけがないという思考停止……124

介護疲れの小室哲哉を引退に追い込んだ潔癖社会の罪……128
天才音楽家・小室哲哉が、引退した……128
会見で語った「罪」と「償い」……130
日本社会を挙げての不倫制裁システム……132
いつまでやり続けるの？ 俺／私、もう嫌だ……135

第4章 幸せな「オタク中年女子」のすすめ

第4章 幸せな「オタク中年女子」のすすめ……137
元彼、幸せ自慢……アラサー同窓会は事故多発……138
同窓会が一番怖いワケ……139
元カノ、元カレという不意の落とし穴あり……141
「結婚はいいよ～」の負傷から身を守る毒消しの薬草とは……142

アゲる女は同窓会を制す …… 144

職場という空間に「女の涙」が断じて許されない理由 …… 147

女性社員が職場で流す涙はそんなに「タブー」なのか …… 148
職場という空間に涙が許されない哀しい理由 …… 150
男性にも「男の子は泣いちゃダメ」という抑圧が …… 152
男子は「泣く」、女子は「怒る」を抑圧されがち …… 154
職場で、泣いたっていい …… 155

私たち女友達は1周、2周回るたびに「分かり合える」 …… 157

あなたがいる「岸」は、誰のどんな「対岸」ですか …… 158
女同士「あの頃」にどうやって戻るのか …… 160
あっちの岸とこっちの岸を自由に行き来する …… 162

「専業主婦か、働くか」論争の「忘れ物」……165

「あなた、働いたことがないの？　一度も？　信じられない」……166
女たちが専業主婦を恐れない社会もある……169
労働流動性が高く、女性活躍が当たり前の社会ではこうも違うのか……171
「私、働かなかった日は一日もありませんよ？」……173

「ソロ活」できる人は「コミュ障」ではなく「コミュ強」だ……175

ただいま、女たちはソロ活真っ最中なのである……175
女の居場所が増えた、バンザイ！……177
カップル主義のアメリカでも「ソロ活」の流れ……179
一人にも集団にもなれるポジション……181

退屈は人生の毒だ　幸せな「オタク中年女子」のすすめ……183
人生100年時代、私たちどういう「オバサン」になればいいの？……183
オタクになりたい！のになれない……185
退屈は人生の毒だ……187
「『若者』をやめて『大人』を始める」に小さく悲鳴を上げる……189

第5章　女の道もいろいろだ

……193
「そりゃ過労死するわ」日本人の自縄自縛……194
そんなに「お客様は神様」か？……194
「価格はサービス込みになっている」とたたき込まれた欧州生活……196
本来、「人」の手で提供されるサービスは有料……199

寵愛でのし上がる「パパの忠実な娘」の結末 …… 203
2017年春のヒロインは稲田朋美氏？ …… 203
実績を伴わない「パパの忠実な娘」が増えている …… 204
自民党の女性政治家は、チルドレンやガールズが多すぎる …… 205
網タイツ姿のゆるいセクシーメガネっ娘路線 …… 206
〝大奥〟的寵愛を受けてのし上がる女性人材の落とし穴 …… 208

〝親ペナルティ〟を40歳で負う覚悟はあるか …… 211
保育園へ向かう坂道 …… 213
親力とは、持てるものを全投入した総合力だ …… 215
親になったがゆえに幸福感が損なわれる「親ペナルティ」 …… 217

その愛はマニアックか、ロマンチックか……220
高校時代の恩師（25歳年上）と結婚するってアリですか……220
マクロンとブリジット、二人の出会いから結婚まで……223
フランス各誌でブリジット賛美がすごい……225

第6章 特別対談「おっさんずラブ」の魔力

第6章 特別対談「おっさんずラブ」の魔力……229
なぜ私たちはドラマ「おっさんずラブ」に心酔したのか……230
30〜40代女性が最高にキュンとしたドラマを改めて解剖……230
女性たちは「おっさん」たちの「ラブ」のどこに共感したのか……231
これは、徹底的に少女漫画なのだ……233
「あの時 お前が俺をシンデレラにしたんだ。」のピュア……236

特別対談「おっさんずラブ」
脚本家・徳尾浩司さん×河崎環……239
結果的にそういうドラマになった……241
「全然望まれていないかたち」でテレビ業界入り？……242
BLに詳しい女性視聴者の温かい眼差し……246
田中圭さんは小学5年生みたいな人……249
蝶子があのピンチを50歳という年齢で乗り越えられた理由……251
地雷原で綱渡り？……254
2次創作が山のように送られてくる……256
純愛免罪符……259
テレ朝に「徳尾ルーム」が欲しいです……262
あとがき……266

第１章

40は女の鬼門？

ストライクゾーン半世紀

バリキャリのはずの彼女の何が一体どうなっているのやら

30代半ばのとき、とある男性と恋に落ちて子どもを授かった。27歳も年上の彼には、既に盤石な名声と家庭があった。相手には「迷惑はかけないから自分一人で産む」とだけ伝え、以来一切子供に会わせることなく、経済的な援助を受けることもなく、シングルマザーとしてキャリアを継続。子供は今年、大学生になった。

子供を大学へ送り出してホッとしたところが、脱力感と焦りのない交ぜになった感情に襲われ、しばらく自宅に引きこもるような日々が続いた。これがいわゆる「空の巣症候群」なのだろうか、何か新しいことをしなければ、でもいまさら何を始めたらいいのだろう。ふと、自分の人生には何か置き去りにしてきたものがあるのではないかと感じて鬱々と考え続けた。探し当てたのは「恋」だった。

ああ私、シングルで子供を育てて、お母さん役もお父さん役も全部一人で担わなきゃいけなかったから、ずっと恋をお休みしてきたわ。もうそろそろ、そんな甘く柔らかい気持ちに戻ってもいい頃かもね……。

「というわけでいま、31歳のイケメンと付き合ってるのよ～。昨日なんかディズニーランド一緒に行っちゃって、いまさらディズニー？（笑）とか思ったけど、イケメンと一緒だとまた別の新鮮さがあるのよ～。先週なんて葉山で夕暮れ時のドライブデートよ、いい写真いっぱいあるのよ、ほら見せてあげる」

と、53歳の「仕事のデキる」キャリア女性からスマホの画面を目の前に突きつけられた私の、顎が外れんばかりの表情をご想像いただけるだろうか。どの写真のどの角度でも顔面に破綻がない、実際ドえらいイケメン31歳と寄り添いピースし、見たこともないほどキャッキャウフフ、嬉し恥ずかしな笑顔を弾けさせる彼女の写真が紙芝居のように眼前に繰り広げられる。恐る恐る「彼はお仕事は何を……(意味：素人の方ですか)」とお伺いを立ててみたところ、「フッーのサラリーマンよ、ほんと育ちも良くて性格も穏やかでいい子なのよー、しかも身長183センチ！」と畳み掛けられ、バリキャリのはずの彼女の何が一体どうなっているのやら、だが何にせよ本人が幸せそうで何よりだ。

そこで彼女がクスリと笑う。「よく考えたら私、子供の父親は27歳上で、いまの彼氏は22歳年下で、恋愛対象の幅が合わせて約50年、半世紀なのよねぇ。『ストライクゾーン半世紀』って、すごくない？」。そうですねぇ、まるでどこかのSFアニメのタイトルみたいです、という言葉はグッと飲み込んで、恋する絶頂で全世界がピンク一色の彼女のテンションを前に「いままで聞いたことのない幅広さですね……さすがです」と力なく微笑む。異性の好みの幅を表すストライクゾーンなるものがまさか「世紀」を単位に語られる場面があるとは、想像もしなかったよ……。

年下男を駿足で捕まえる肉食、クーガー女とピューマ女

２０００年代の終わりくらいに一部の世間の口の端に上ったようなのだが、ハリウッド界隈では年下男性を追いかけるアラフォー女性を足の速い肉食獣にたとえて「クーガー」女、同じく年下男性を追いかけるアラサー女性を「ピューマ」女と呼んだそうな。クーガーの代表格は当時15歳年下の俳優アシュトン・カッチャーと結婚していた女優デミ・ムーアで、ピューマ代表は英国のバンド、コールドプレイのフロントマンである4歳下のクリス・マーティンと結婚していた女優グウィネス・パルトローだった模様。

だがどちらもその後、２０１０年代に入ると結婚生活が終了してしまったのがちょっぴり切ない……。とも思ったけれど、グウィネスは２０１８年に同世代の有名ＴＶプロデューサーと結婚し、モテ女のデミに至ってはさまざまな男性をサーフィンしたのち、２０１８年に入って自分の娘たちよりも年下のミュージシャンにゴキゲンで乗り換えてい

るのが、さすがである。

クーガーにせよピューマにせよ、社会経験も恋愛経験もこなして成熟したパワーウーマンが、現代的なラブライフのお相手に年下の男性を選んだ。それが10年前、当時としては目新しかったようだが、いまや日本でも小泉今日子さんに三原じゅん子さん、ドリカムの吉田美和さんたちがそれぞれ20近くも年下の男性たちと交際や結婚を報道されたりして「年上女&年下男子」のカップルはすっかり市民権を得、めずらしくはない。なぜって、年下男子とは既に経済力も社会性も手に入れて自由に生きていける女たちにとって、面倒くさくなく、かつ十分にオンナノコ気分を提供してくれる恋愛対象だからなのだ。

比較的新しい時代の感覚で男女関係を進めてくれるから、まず七面倒くさい男尊女卑にイラッとすることも、再調教の必要もない。食事を奢られる代償として「キミよりも社会をわかっているオレが教えてあげるよ」的な、ドヤ顔の俺節を聞かされることもない。万が一にもいまどき壁ドンとか頭ポンポンとか食らって、「こういうのが好きなんでしょう？（俺はわかってるよ）」なんてホラーな言葉を耳元で囁かれ、「どこ情報だよ……」と寒さに凍えたりしなくていい。

年上女をあえて好んでくる年下男性は、そもそも年上女性を対象にしている時点で男女や年齢で上下をつけたがる世間の力学にNOと感じている人たち。だから人間関係の多様性も理解していてセンスが良く、付き合う過程のあらゆる場面で女性側が謎の固定力学に悩まされるリスクをヘッジできるのじゃないか。

オッサン・オバサン化の予兆とは「神経が死ぬこと」

思うに、謎の力学に乗っかってしまった時点で、男は（女も）人間関係周りの繊細なアンテナを手放し、オッサン・オバサン化するのだ。そういえばここ1年ほど、エグいセクハラで告発された世界中のあの男もその男も、相手にそれを言ってもやっても許されるはずと自分の言動に疑問を持っていなかったわけで、いつからかコミュニケーションの際に使うべき神経を死なせたのだろう。でも、もともと「こいつには勝てる」「自由にできる」と思った他人を見下して悦に入る傾向の持ち主なのだから、セクハラ以外にもパワハラであったりモラハラであったり、人生のあちこちで比較弱者に対して余罪多数と推察される。

そんな男性社会に疲弊した、自立できるパワーウーマンたちが古い男たちを恋愛対象からポイと外し、柔軟な年下男性へと流れたのは理解できる。だって、実のところ男たちだってコワい女（妻）に疲れるから、言うことを素直に聞いてくれそうな年下女性であるとか、お金を払って優しく癒してくれる女性のところへ足繁く通ってきたわけなんだし。折しも現代は「話を聞いてくれる男」「癒してくれる男」がモテの条件だ。男も女も、同じように社会に疲れたら同じような行動を取るのである。

件の53歳女性は、バブル時代から社会の上澄みの水を飲んで走り続けてきた人だ。人と人を繋ぎ、華やかな人脈で仕事をし、スキルと経験値を上げげた。若い頃に年上男性にハマり、50代になって年下男性にハマるのは、人間というものに興味が尽きない彼女ならでは、との印象も受ける。だがその結果、付き合う男の年齢に半世紀の開きが生まれるとは、やはり只者《ただもの》ではないけれど。

年上女性の年下男性志向に少しだけ警鐘を鳴らすとするならば、女性自身が忌むべき「オッサン」になってはダメよ……ということだろうか。食事を奢る見返りにドヤ顔で「アタシ節」を一席打ちたくはないし、「こういうのが好きなんでしょう？」と見当違いのモテテクを披露して凍らせるのも避けたい。間違ってもエグいセクハラやパワハラやモラハラをする側に回らぬよう、細心の注意を払いたい。えっ、そんな心配があるのは私だけですか。そう考えると、根がオッサンマインドで無神経な私などは年下男子なんて割れ物を扱うようで神経を使うから、つくづく不向きだ、ちぇっ。

#暗闇バイク―アンダーグラウンド

暗闇でいったいナニが行われているのか

暗闇バイクと聞いて、不穏な響きにナニソレと思う方も多いかもしれない。インドアのスタジオで固定自転車（バイク）にまたがった集団が音楽とインストラクターの指示に合わせて漕ぎまくるグループエクササイズをスピニングと呼び、「死ぬほど健康が大好き」なフィットネス大国のアメリカで発祥し、ヨーロッパでも大人気だ。そのスピニングを、暗いスタジオに充満する熱気と大音量の音響と時にミラーボールが回る派手な照明の中、まるでクラブのような環境で行うフィットネスが暗闇スピニング（バイク）で、2010年代初めからニューヨークやロサンジェルスのおしゃれなセレブの皆さんの間で大流行した。

スピニングバイクが数十台ズラリと並び、その正面にはインストラクター（以下、イントラ）が向き合ってバイクを駆り、まるでＤＪのように音楽にノリながら下半身のみならず全身をフルに使ってキレッキレで漕ぎまくる。自転車の上で、あるいは降りて踊ってみせながら集団に振り付けを指示し、煽り、吼《ほ》え、歌い、参加者の汗を振り絞らせる。ダンサー出身のイントラが多いというのも道理で、身体能力の高さやリズム感の良さ、美しく絞り上げられた肉体を惜しみなく見せる、ショーやライブとしても完成度の高いパフォーマンスが彼らの持ち味。５００ミリリットル以上の水を必ず飲みながらのレッスンが終わると、床にもバイクにも人々の汗が滴り飛び散っているという激しさだ。平均45分程度のレッスン1回あたりの消費カロリーは、負荷や時間にもよるけれど、４００キロカロリーから８００キロカロリーにもなるという。

これがなんと、「暗闇だからお互い見えないしちょっとくらい大胆になれちゃう」がゆえ、恥の文化日本の男女の「健康に関心はあるし、音楽も好きだし、本当は踊るのも好きなんだけど、人前で踊ったり声出したり、そういう姿を人に見せるのが恥ずかしい」という節度ある自制傾向（抑圧ともいう）に、どストライクでハマり大当たりしている。いや、世間でも大当たりしているが、元来慎み深いワタシ個人的にも大当たりである。

煩悩全開のポジティブスパイラル

周囲の人々に影響される形で暗闇バイクエクササイズの専門スタジオで体験レッスンを受けた私、まるで雷に打たれるように「このレッスンを漕ぎ切れる女にな、なりたひ……（息も絶え絶え）」と当日そのまま本入会し、２０１８年平成最後の夏は、酒も飲まず原稿も書かずに（おい）せっせと自転車を漕ぎ、日々ツヤツヤと健康になっていく夏だった。このワタシが。

ところが、そこはもちろんこのワタシであるので、動機が健康だとか自己管理だとか、そういう正面切って人に言えるものばかりのワケがないのである。私をここまでドライ

ブしたもの、それは他でもない、

イケメンである（小声）。

イケメンは正義である（小声）。

イケメンを追い求める心は自然の摂理であり、人智の結晶であり、地上の全ての理《ことわり》を統《す》べる。イエッフー（だが小声）。

動機は不純なほど継続する。美人は3日で飽きるなんてのはイソップ寓話の「酸っぱい葡萄」式の嘘か、きっとその美人が自転車を漕がないからだ。ビシバシに筋肉の切れ上がった細マッチョな体で微笑みながら自転車を漕ぐイケメンは見飽きない。イケメンに微笑みかけられたい、煽られたい、褒められたい、初級レッスンと言わずイケメンが担当するすべての中級・上級レッスンを一緒に味わえるように上手くなりたい（そして顔を覚えてもらいたい）、と、煩悩全開のポジティブスパイラルで日々熱心に通い、仕事のことなど忘れ頭を真っ白にしてストレス発散し、みるみる筋力も持久力もついて上手くなっていく。おかげさまで、数々のイケメンや美女を愛でながら漕ぎ続けて既にいくつかの季節を見送った。いまじゃ取材や打ち合わせの前後にレッスンを2本こなすなんてのは日常茶飯事である。

首都圏を中心に全国へと会員数も支店数もますます増やしていく暗闇バイクエクササイズに通う、他のまっとうな会員の皆様の入り口はさまざまだ。筋トレや脂肪燃焼度の高さなど純粋なフィットネス効果、45分を乗り切らせてくれる音楽の良さなど、既にさまざまなフィットネスを試してきた大人ほど、コンテンツのクオリティの高さを評価する。「他店利用料」を払ってでも、自分が所属する店舗のみならず、さまざまな店舗のインストラが提供する上級レッスンだけを渡り歩く「ガチ漕ぎ師」と呼ばれるような男女会員もいたりで、もともとがスポーツ経験者ならなおさらチャレンジマインドを刺激される難度・強度の高いレッスンは、会員専用のウェブ予約システムでレッスンスケジュールがアップされるたび、即時満席になるくらいだ。

さらに、日本にありながらにしてニューヨークや米国西海岸を思わせるセンスの店舗デザインや、モデルか芸能人かというハイレベルなビジュアルの店舗スタッフ（イントラを兼ねる）による接客、スタジオからシャワールームまでを常に清潔に保つスマートなオペレーション、デザイン性と品質を兼ね備えるべくこだわった自社ブランドのフィットネスアパレルなどなど。おしゃれで心地よく「ちょっとセレブ」なフィットネススタイルを自分の生活に取り入れたいと考える、情報感度の高い男女のニーズをあらゆる角度から満たすブランディング戦略は、知れば知るほどよく練られていると感心する。

Ａｐｐｌｅ Ｍｕｓｉｃでも提供されるレッスンごとのプレイリストは、近年のヒットチューンを中心に、ゴリゴリのエレクトロからハウス、ソウル、ヒップホップ、レゲエ、ロック、ジャズ、90's、アンプラグドまで網羅する。世界的に有名なミュージシャンの名前を冠したいくつかのレッスンなどは、レッスン1本ぶん丸々その作品世界に浸って漕げるという、ファンにはたまらない45分だ。基本コンセプトが「ＮＹ発祥」のため、音楽は洋楽オンリーでイントラも（１００％国産でも）英語交じり。"Are you ready?"とイントラに激しく煽られたら、"Yeeeeeah!!"と拳を上げてこれまたドーパミン全開で激しく応えるのがライブ（レッスン）のお約束であり、醍醐味である。

「音楽がいいから続けられる」「通ってること自体がファッションだし、ライフスタイルの表現」そんな声が女性会員から上がるが、通っている自分の日常をインスタグラムで人に見せたくなるほど十分におしゃれなライフスタイルだからこそ、通常のスポーツジムよりもお高めの月額約1万5000円の会費を支払う価値があるのだろう。

「ただのフィットネスじゃない、これは生き方なんだ」

だがそんな健全な動機に混じって、決して少なくない数の男女が、「(美男美女揃いの)インストラクターが好き」「インストラと目が合って煽られたい」「(他の人はどうでもいいから)インストラクターと一体感を感じたい」とのよこしまな動機で通っているのを、同じ穴のムジナである私は見逃さない。男女問わず人気インストラクターには固定ファンがおり、各スタジオのイントラ席に対峙する最前列バイクは、そういう彼らにとってのプラチナシートだ。最前列にはどうしてもスタジオ中の視線が集まり、不慣れな人が行くとその人の動きに後列が影響されてしまうとあって、最前列とは基本的に常連や上級者が座るべき場所との空気がある。最前列で好きなイントラと真正面で向き合いながら「二人の世界」で漕ぐためには上手くなければ許されず、したがってそこで美人イントラの胸元を前のめりに覗き込み、釘付けになりながらガチ漕ぎしているサラリーマンであろうが、イケメンイントラにただひたすら見とれながらうっとりと口元を緩ませている主婦であろうが、「上手ければ正義」なのがこの世界の理屈である。

ベテランインストラクターの中にはそういった、特に女性のファン心理を扱うのが本当に上手い人々もいて、曲に合わせてスタジオ内の一人ひとりと順番に目を合わせて煽ったり、特定の一人だけを指差してみたり(これをアイドルの追っかけ用語で『撃つ』と呼ぶ)、その客いじりテクでスタジオ中がまるっとやられてしまうから、実に危険だ(↑やられた人)。レッスン中に黄色い声が上がるので有名だったイケメンイントラが別の店舗に異動したときには、ファンのマダム連中がごっそりとその店舗へ移籍したという逸話もあるくらいである。

暗闇バイクはクラブ的環境で行われることもあり、店舗は駅近施設の地下にあることが多い。まさに自分だけの「地下アイドル」に会いに行く感覚で、会員たちはウェアとタオルと靴下と水を抱えて、仕事前に後に貴重な休日にとせっせと通う（特に都心の店舗では、それらが無料でレンタルされるスタジオもある）。ウェブの熾烈な席取り競争を勝ち抜き押さえた席で「好きなイントラとの45分」を堪能し、レッスンの前後に世間話を装って一対一で言葉を交わし、なんなら出待ち（イントラもレッスン後にシャワーを浴びに行くので、そのシャワー待ち）して「そういえば新しいアパレル（オリジナルのウェア）買いたいんですよ～」と浅ましくもお金を出してイントラの歓心を買う（世間ではそれを〝貢ぐ〟と呼ぶ）。常連にもなるとさらっと声をかけて一緒に写真に収まっている人も続出だわで、自覚的であろうとなかろうと完全にアイドルの追っかけの世界だ。

そんな私も、日々鍛錬をしながら着々と上手くなり、最後列を卒業して1列ごとに距離を詰め、お気に入りインストラクターの最前列へとにじり寄っているところである。いつか最前列であのキツいレッスンをシャカシャカ平然と漕いで、○○君に褒めてもらって名前覚えてもらって、一緒に写真撮るんだ。動機は不純なのが一番だ、なんてうそぶきながら会費に諸々の利用料にアパレル購入費にとせっせとお布施をつぎ込んでいる時点で、私はあの暗闇バイクのビジネスモデルに見事に絡め取られているような気もするけれど、それでこんなに日々充実して心身健康なのだから、喜んでグルグル絡め取っていただこうではないか。ああ健康って素晴らしい。最近の私のモットーは「原稿と人生に行き詰まったら、まず自転車を漕げ」、「酒よりプロテイン」である。

さて、原稿も書き終わったことだし、今日も暗闇バイクで2本ほど漕いでくるかな……（いそいそ）。

あなたのSNSストレスはどこからくるのか

SNS社会の本質を言い当てた名言

トマス・ハリスによるサイコスリラーの金字塔、『羊たちの沈黙』（新潮文庫、高見浩訳）。著名な精神科医であり、自らが次々と患者を手にかけていった殺人犯でもあるハンニバル・レクター博士は、FBIが行き詰まる連続女性誘拐殺人捜査へのアドバイスを求められ、バッファロウ・ビルと呼ばれる犯人像をこう分析する。

「人は、毎日見ているものを熱望することから始める」。少女たちを誘拐軟禁したのちに殺害してその皮膚を剥ぐバッファロウ・ビルは、犠牲となった少女たちが常に視界の中に入るような物理的に近い場所にいた人物だと示唆し、そしてこう言い添えるのだ。

「目は、いつも欲しいものを追い求める」

まるでSNS社会の本質を言い当てたような名言だ、と私は嘆息する。レクター博士は精神異常犯罪者病棟に拘禁された連続猟奇殺人犯だが、精神異常者とは、時に人類の真実を知りすぎた人々のことをいうのだろう。

フェイスブックやツイッター、インスタグラムなど、SNSと呼ばれるデジタル・コミュニケーション・メディアに人々が投じる貴重な人生の累積時間数はいかほどだろう。聞けば、東京の高校生が一日にSNSを見る時間は約4時間にものぼるという。だが、中毒ぶりがもっと酷いのは実は大人の方だ、という報告にも説得力がある。職場で、電車の中で、定食屋やカフェで、スキマ時間にチラチラとSNSアプリを開けては、元同級生や同僚や仕事の関係者、あるいは退屈からの逃避対象である何らかの有名人が発信する情報を確認して、「社会」を「リサーチ」した気になる大人ばかりだ。

そこで見ているつもりの「社会」は、そもそもが当人の好みにしたがって選択した人々が、彼らの「見せたいもの」に演出を加えて発信するアピールの集合体だ。いわば、あなた好みにひどく偏った編成の踊り子たちが、等身大以上に脚色した美を競う世界。それなのに、まるでそこに社会の真実がある、ソクラテス先生もびっくりの新しい人智の発見があるかのように大の大人たちが時間を忘れて夢中になるのは、「そう信じたいから」「そう信じた世界を見たいから」だ。

誰も彼もＳＮＳの片棒を担いでほぼ同罪

ある人間を本当に知りたかったら、当人の演出過剰な情報がはしたなく発信されるＳＮＳアカウントなんかをフォローしたところでさほど意味はない。彼／彼女が誰をフォローし、どのようなＳＮＳフィードを受けているか、その世界観を覗くことの方がよほど正直な結果を得ることができるだろう。社会へ開いた小窓のカーテンを閉めた（と思っている）状態で、その個人が密かに何を選好しているかこそが、彼／彼女自身を的確に映し出すのだ。

ビッグデータなるものが何を対象にしているかを見れば明白だ。それは個々人の選好と行動の相関、そして人脈と行動の相関をつぶさに追いかける。個人が具体的にどのような素敵な日常を送り、どんな素敵な家族や恋人やきらびやかな友人とどんな素敵な食事や旅行をしているかは、ひょっとしていちいちあなたの目を喜ばせたり神経を逆なでしたりするかもしれないが、「ビッグデータ様」的にはあまり意味がない。

にもかかわらず、「見る側の恣意性」×「見られる側の恣意性」で恣意性だけをかけ合わせ続ける、おそらく情報としての偏向性だけは一流の「社会」を狭いスコープから覗き、そこに上がる他人の無邪気な(または無邪気を装った)大小の自慢を見て、私たちがそっと傷ついたり、嫉妬してしまうのはなぜだろう。

それは冒頭でレクター博士が指摘したように、私たちがそんな虚飾を見たいと欲した結果なのである。そいつをフォローしたのもあなた(私)なら、そいつの投稿やツイートを追ってしまったのもあなた(私)だ。そいつの責任じゃない、わざわざそいつのアピールを見にいっているあなた(私)の責任だ。そいつがめっぽう特別に自慢ひけらかしのクズ野郎なわけじゃない。あなたも私も、SNSでの見栄張りにたいがい思い当たる節があるはずという点で、誰も彼もSNSの片棒を担いでほぼ同罪である。

あなたが最近SNSで目にして不愉快な気持ちになった他人の投稿は、あなたがいま一番気になる不安の周辺を柔らかになぞっている。あなたの心をザラつかせた他人のSNSの言葉は、あなたがいま一番カンに障《さわ》る言葉である。あなたが嫉妬する他人の成功や幸せは、あなたが欲しい欲しいと思っているのに手に入らないことを、あなた自身こそが最もよく知っているものである。何かに心がザラついたときこそ、自分が見えるものだ。幸せの同調圧力？　幸せの定義を他者や社会に預け、上から落ちてくる「幸せとは」に同調せねば、自分も応えねばと「他者が決める幸せに自分を紐づけてわざわざ自分を縛っている」のは私たちじゃないのか。人間とは、なんて因果な生き物だろう。

文化的成熟を迎えたSNSには、ちゃんと「フォロー外し」なり「アンフレンド」なり「ブロック」なり「ミュート」といった便利な機能がある。見たい見たいと欲望した結果、見て傷つくのならシンプルに見るのをやめればいいではないか。SNSなんて言葉も出始めるかどうかの10年前、そういえば私たちは、そんなものなどなしに日々ゴキゲンに過ごしていたはずなのだ。

社会をフラットにするネット文化の、その先

デジタル・コミュニケーション・メディアの誕生は、インターネットによる世界の構造破壊の、巨大な第2波となった。ネット空間に提供された個人情報が集積され、その分析を通して、分析者は人々に利便を図ることもできれば、人々の行動をコントロールすることもできる。フェイスブックのマーク・ザッカーバーグＣＥＯが米国議会に召喚された問題は、その小さな例の一つに過ぎない。

もともと、インターネットの出現は「社会をフラットにする」というのが初期の触れ込みだった。たとえ学生であっても、世界的企業のＣＥＯに直接メールを送ることができる。自分の声を、権力構造のはるか遠く上方に仰ぎ見るような人物に向かって直接聞かせることができる。情報を世界の隅々に行き渡らせ、ピラミッド型の社会を平たく、平等にする。それがインターネット黎明期を担った人々が描いた理想であり、金科玉条（ク

リード）でもあったのだ。

だがその陰で、インターネット文化がこれまでの活版印刷文化や放送・映像文化と同じように、成熟の過程で人間の醜い欲望のふきだまりとなることもまたカンタンに予想された。エロにグロに殺人、盗み。虚栄に重ねる虚栄、権力を持つ人間が利用する「都合の良い嘘」。どんなメディアも人間社会の鏡である。人間の美しさも醜さも驚くほど正直に映す鏡は、時にその反射を目にした人間自身を絶望させる。

さて、主題に戻ろう。あなたのＳＮＳストレスは、あなたの目が欲しいものを追い求めた結果である。ＳＮＳをオフにしてやろう。ＦＯＭＯ（Fear of Missing out）に囚われ、脚色された感動やポジショントークにいちいち全米で泣いたり震えたり、24時間ひっきりなしに一方的な情報をフィードされる「（都合）良き視聴者」（＝ビッグデータの一サンプル）といういたいけな小羊スタンスから自由になろう。いい加減プレ２０１０年生活に飽き、そろそろＳＮＳでも見てやるかと思った頃にＳＮＳをオンにするといい。いままでとは違って、チャチなおままごとがそこに繰り広げられているのがフフンと目に入るはずだ。

女40代の挫折 〜放送人たちの光と影〜

40代の私たちが闘う相手とは

40代って、それまでどんなに順調に走ってきた女でも、一度片膝をつく時期なのかもしれない。でもそこで私たちが闘うのはシワでも脂肪でもどこかの仮想敵でもなく、「結論の出つつある自分」なのではないか。

そう思ったのは、テレビ局アナウンサーやキャスターとしてキャリアを持つ二人の女性へのインタビューがたまたま連続した夏。インタビュー記事を掲載する媒体も主旨もそれぞれ全く違ったものの、70代とアラフィフ、世代の違う二人の女性放送人がキャリアを振り返り、「最も苦しんだどん底の時期は40代前半だった」と異口同音に語るのを聞いて、多くの視聴者がテレビ画面上で知る、二人の凛とした「成功者」の足元から濃く長い影が伸びているのを見た気がした。

一人は、いまや70代、誰もが知る公共放送を代表する女性アナウンサーだった人だ。もう一人は、関西の民放報道局記者から海外特派員を経て民放キー局のキャスターに大抜擢され、現在も民放の人気ニュース番組に連日出演する、アラフィフのニュース解説者である。放送用の衣装を着てプロのメイクを施され、テレビに出て不特定多数の耳目に触れる。一挙手一投足、画面に映る姿の細部までを眺め回され、無遠慮な感想をつぶやかれる。その中で、日本語を正しく読み、相手の話を聞き、世の中で起こっていることを正確に伝えていく。生放送のニュース番組などは1秒を争う緊迫感の中に大勢のスタッフが動き、視聴者に向けて練り上げた情報の最先端に、照明を煌々と浴びて立つ彼女たちがいる。

日本で世界で、どんな何が起ころうとも日々一定して美しく破綻なく間違いのない報道が当然と期待され、そこをゼロ地点として評価される。潰れそうなプレッシャーの中を生きる職業人生だ。しかも芸能人じゃない。テレビ局に在籍し、組織の判断で明日の身の振り方が決まる組織人なのである。ところがそんな無茶な期待に応え続けて20〜30代を送った彼女たちにも、ある日ふと照明が当たらなくなった。光の真ん中から陰へ。それがともに40代前半だったのだ。女の40代前半に、いったい何があるっていうのか。

「こういう場所にたどり着くのかという虚しさがありました」

女子アナという言葉も存在しないような40年以上前、数少ない女性アナウンサーとなり、放送技術の向上や放送文化の広がりとともに「国民的〝声〟」となったいまや70代のその女性は、「巨大な組織の中でもがき闘い抜いたキャリア人生で、40代が一番苦しかった」と告白してくれた。

入局後、日本語を読み、聞き、話す専門職として、どんなＶＩＰの前に出ても恥ずかしくない技術を身につける10年を経て、ようやく世間からも社内でも認知され、仕事の幅も広がり、自信もついてくる。ところが40代になって、「当時の男性組織の中では自分の言葉が何にも通らず、耳も傾けられず、胸をえぐられるような言葉を投げつけられる日々があった。40過ぎまでひたすら技術を磨いて突っ走ってきて、こういう場所にたどり着くのかという虚しさがありました」と、その人は静かに振り返った。

彼女はいわゆる団塊世代で、テレビ放送局における女性職業人の先駆者。「40代の女性アナウンサー」という存在を、その組織の側も、世間も、当時初めて経験していたのだ。誰もが知る公共放送局の第一線で働く40代女性は、あの頃の日本人の目にどう映っていたのだろう。彼女が虚しさを感じたという「たどり着いた場所」は、どんな光景だったのだろう。

「何が足りないのだろう」と、その人は何度も自問自答し、やがてたどり着いた答えは「言葉の仕事であるにもかかわらず、私には言葉の力が足りない」だったという。

「私は組織と、組織を形作っている人々の心を知らなかったのです。アナウンサーという立場だから、専門性と実力さえ磨けばと思っていた。組織はどうすれば動くのか、注意を払っていなかったし、それに気づかないで済む仕事の仕方をしてきていたのね」

「女性だから」との配慮で、その組織は同じアナウンサーでも女性にだけは地方異動を免除していたのだとか。ところが、男性アナウンサーたちは生涯で10局ほども地方局を転々とするのが当たり前で、地方局での営業や放送の実態を知らずして組織を語ることはできない。そして組織人たちの心理という面でも、彼女は気づいた。「人は胸の中に1匹の虫を飼っている。それは自尊心。それを大事にすることが人を大事にするということで、他人の自尊心は決して傷つけてはいけない。傷つけたら自分も倍返しで傷を受けるということを理解しました」

その一番辛い時期に彼女が自分に叩き込んだもの。それは「上から下まで全員に丁寧語でお話しすること」「どんな意見も一回飲み込み、必ず建設的な対案を出すこと」、そして「人は借りものの言葉では騙されない。体験から生まれた言葉でないと人は動かされない。だから必ず自ら体験し、自分の言葉を持つこと」だった。女性職業人として、体調や家族の問題、それに影響される自分の仕事への焦りなどを乗り越えながら、でも世間は彼女がそんなことに葛藤しているとはつゆほども気づかず、その人は名実ともに「日本の顔」、「日本の声」となったのだ。

やがて管理職となった彼女が手をつけたのは、後輩アナウンサーたちのために「女性アナウンサーの異動免除」を廃止することだった。後輩たちに同じ思いをさせたくない。アナウンサーの組織内評価を上げたい。組織の中に生き、組織を動かす力を手にするために、組織を知る機会を大事にしなくてはいけない。彼女は自分の体験から紡ぎ出した結論として、「組織への最後の恩返しと思って」後輩女性アナウンサーのための環境作りを終え、定年を迎えたのだと語ってくれた。

「幸せな家族連れが目に留まるようになって……」

もう一人のアラフィフキャスターのキャリアは、本人曰く「アクシデント続き」だ。記者出身ながら、大抜擢でキャスターへと転身した異色のキャリアの持ち主。新卒入社した関西民放局の社会部時代は、トイレで仮眠を取るような夜討ち朝駆けのサツ回り、ロンドン特派員時代にはサッカーの超有名選手を日本に広く紹介するきっかけを作り、イラク戦争の際には世界中から選ばれた数少ない報道陣として、英国首相専用機の中からトップ会談開戦決定の瞬間を報じた。

そして出向した在京キー局政治部では、東京の右も左も「平河町（自民党本部の旧所在地）」もわからないところから始まった政界取材。だが36歳のとき、夕方のニュース新番組のサブキャスターとして白羽の矢が立ち、突如表舞台へと出ることになる。やがてどんな難しいテーマ、難しい相手にも斬り込んでいける人材との期待を背負ってＢＳの報道番組を任され、錚々《そうそう》たる各界著名人を相手にメインキャスターを3年半務めた。第一線で走り続け、跳躍し続け、得点し続ける、報道アスリートのような女性だ。だが常にキラキラと輝く光の中にいたわけではない。20代から30代にかけて報道の世界を走り回ったガムシャラな奮闘ののち、40代で突如アリ地獄のような精神状態に足を滑らせ、這い上がろうともがいた暗く長い日々があったと、彼女もまた告白してくれた。

「大阪から記者として出てきて、在京キー局でキャスターをやっているという不思議な立ち位置にいたわけですよね。ところが41歳で配置換えがあって番組を降り、別番組で企画取材キャスター、つまりは『何かいいネタが取れたらどうぞ』という閑職へ。40歳の誕生日は、キャスターとして大勢の人に囲まれて、白金のレストランで華やかなバースデーパーティー。ところが41歳の誕生日は、一人ひっそりと行きつけの定食屋さんのカウンターで、サンマ定食を食べていました」

もちろん、企画取材キャスターとは記者出身の彼女らしい骨太な取材力をじっくりと活かせるポジションであり、配慮もあったのだろう。だが本人は「私は最前線大好き人間だから、これは行き止まりなのかな、もう必要とされなくなったのかな、って」と、仕事の第一線から退くことでふと41歳独身の自分に焦燥感を持ち、「幸せな家族連れが目に留まるようになって、書店に自己啓発本を探しに通いました。買うだけで安心するんですよ（笑）」。

組織人としての生き方、個人としての生き方の双方でふと足をとめた。だが彼女は、ここでも記者魂を発揮するかのように角度を変えて自分磨きをし、曰く「激しい婚活」を経て一回りほど年下の男性と結婚する。そして43歳のとき、ＢＳ報道生番組のメインキャスターとしてのオファーがやってきた。それは記者出身キャスターとしての魅力が活きる討論形式の報道番組だったが、本人は苦闘した。毎日番組反省会で厳しい言葉を向けられ、自分の力量の遥か上を求められる。組織人としての重責を担う日々に、やがてプレッシャーから寝られなくなり、体も精神もボロボロになった。スタジオに向かうとストレスで心身の拒否反応が出るという暗黒の中、必死の思いで番組をつないだ。

だがそんな彼女を救ったのはノートだった。一方のノートには怒りも妬みも僻《ひが》みも、思った通りのことを汚い言葉で一気に吐き出して書く。もう一つのノートでは、あらゆる人との会話、テレビやラジオから気づいたキャスターとしての自分の改善点を、自分の参考書を作るようにして書き留めていった。既にテレビに出演する立場でありながらアナウンサー学院へ入学し、アナウンサー志望の大学生たちに交じって放送の立ち居振る舞いも学び直し、自信をつけた。

「ノートには、もう人には見せられないようなことがたくさん。書き終わったら破いて捨てていました。夫に見られたらダメなこと書いてますから、結婚するときも家じゅう大捜索して処分しましたよ（笑）」。苦しんだBSの報道生番組も、アリ地獄から少しずつ這い上がるようにして、結果的には3年半にわたって続いた。「43歳でそつなくあの仕事をこなしていたら、あの時期がなかったら、いまの私はない、そう思います」。

経験とプライドを一度黙らせて、自己変革に取り組む知性

二人の女性放送人が40代で向き合ったものは、仕事面では「求められる役割の変化」、そして私生活では「家族の問題」だった。テレビの世界の人間でなくたって、40代での環境の変化にあれこれ思い当たるところはあるだろう。状況が変わる。自分の中身も変わってくる。そのとき、他人よりもまずすべての感受性と活動の主体である「自分と」どう折り合いをつけ、次のどんな地平を目指すのか。

40代は、男も女も、嫌でも「自分の結果」が見えてくる季節だ。学生時代の「何でもできる、何にでもなれる（ような気がする）」可能性無限大な万能感覚は、現実の洗礼を受けてとうに戒めた。30代、自分のスキルや人脈を磨いては棚卸しする作業をひたすら繰り返し、公私ともに自分の居場所を作り、さて目を上げてみると、その結果となる自分の輪郭がだいぶできあがっていることに気づく。ああ、そうだ、人生の結論が出始めているのだ。例えば、今年46歳の私がここからいきなり生まれつきのパリジェンヌになることはない。NBAのスタープレイヤーになることもないだろうし、国際線のパイロットになって飲酒運転で捕まることも、まあない。

でも、ちょっとの舵取りで、小さな自己変革を生むことはできる。二人の女性放送人は、経験とプライドを一度黙らせて、自己変革に取り組む知性の持ち主たちだった。それもまた自分を信じられる気持ちが可能にするわざだ。知ることで、感じ方を変えることができる。感じ方を変えると、人間関係を変えることができる。居場所を変えたり増やしたり、楽しみや特技を増やすこともできる。小さな自己変革の連続で、ゆるやかに方向を変え、ゆらゆらと進んでいくことも、加速することも、思い切って飛ぶこともできる。「十分飛べる」。そりゃピークじゃないにせよ、それが40代の恵まれた体力だ。

「もういい年なんだから（また新しい活動を始めるなんて）よせば、って言う人もいるんだけれど、私には70歳だからやめるって頭はないのよ」と、かつて40歳で「あんな努力の末に、こんな場所にたどり着くのか」と荒野に膝をついた「日本の声」は笑いながら言った。かつて41歳で「もう私は要らない人間なのかもしれない」と長く暗いトンネルに足を踏み入れたガムシャラな「報道アスリート」は、「私自身は、これからやりたいことっていうのはもうないんです。でも後進の女性たちに伝えていきたいことはたくさんある」と語った。40歳の先にも、女の人生はまだまだずっと伸びている。

第2章

日本社会と子育ての壁

「意識高い町」武蔵小杉から庶民的な店が消えていく……

東急東横線とＪＲ南武線がクロスする町、神奈川県川崎市の武蔵小杉で育った。すぐ近くを流れる多摩川を渡った目と鼻の先には、かのセレブタウン代表・田園調布が広がるというのに、川を挟んだだけでこうも格差があるものかとがっかりするほどイケてない町だった。「武蔵小杉？　ああ、国立《くにたち》とか吉祥寺とか、あっち方面？」と、「武蔵」という言葉から連想したのだろう、当時は東横線の武蔵小杉という駅名自体を知らない人だって多かったのだ。

ムサコで育った私が、いまムサコに言いたいこと

だからいま、私は魂を売って隣の横浜市へ移ってしまったけれど、私の本質はそういう「イケてない」ものに根ざしていると、自信を持って言える。

辺りにはNECや富士通、サントリーなどの大規模工場や研究所がある、どこか灰色の町。40年前には駅前にダイエー系列のスーパーサンコー（のちのマルエツ）くらいしかなくて、その1階に入ったダイエー系列のハンバーガーショップの名前「ドムドム」が、幼い私にとってハンバーガーの代名詞だった。30年ほど前に5階建のイトーヨーカドーができたときには、なんて文化的なお店ができたものだろうと感動さえし、武蔵小杉も都会の仲間入りができたような気がしたものだ（できてないし）。

競馬場のある川崎駅と府中本町駅をつなぐJR南武線は、小さい子供がお母さんに乗っちゃダメよと言われ、代わりにちょっとお酒くさくて競馬新聞を読みふけるおじさ

んたちがいっぱい乗っている電車だった。でも一方で、当時渋谷駅と横浜駅という二つの大ターミナル駅を結んでいた東急東横線には、夢があった。特に東京都内の駅はどれも雑誌に載るようなオシャレタウンが目白押しだったから。

でも、渋谷から東横線に乗って横浜方面へ向かうとき。渋谷・代官山・中目黒・学芸大学・自由が丘・田園調布と緑多くオシャレな町を次々通って気分良くやってきたものの、多摩川を渡った途端、ダサい工業都市「川崎市」になるのだ。

完膚なきまでの東京—神奈川格差を見せつけられたところに、今度は慶応義塾大学のキャンパスが優雅に広がる日吉や高級住宅地の大倉山などがやってきて、同じ神奈川県内なのに今度は横浜市—川崎市格差を思い知らされる。ムサコ住みにとって、東横線とは川崎市が「対・東京」「対・横浜」で圧倒的大敗を喫するのを見るために乗るような電車だったのである。

だからムサコは、「東横線沿線です」と主張するには「笑」マークがつく、どこか負けの匂いがする町、地価も物価も安くて格下のイメージが拭えない町だった。えっらい離れたところにＪＲ横須賀線の新駅ができて「武蔵小杉にも横須賀線が通って品川・東京まで20分圏内、通勤至便！」と口走ってみたり、50階建てだか40階建てだかのタワーマンションがニョキニョキ建ってちょっとくらいキレイなお兄さんお姉さんが入居するようになったからって、自分たちを都会だとか、まかり間違ってセレブだなんて思ってはいけない。流入した新興住民はそういう幻想に高いお金を払ったのだから夢を見続けてよしとして、地元民にとっちゃ、ムサコはいつまでたっても「あの」灰色で、駅前にちゃちな駅ビルＦＲＯＭしかなかったムサコなのだ。

ムサコ、タワマンで勘違いしちゃダメ。足元をよく見るのよ。あなたたちはどうお化粧したって「川崎市中原区」なんだから、中原区民として誇り高く、デベロッパーのイケイケなマーケティングに乗り切れず「ええ、そういう展開……？」って腰引けてる存在でい続けなきゃ！

武蔵小杉がセレブな町の仲間入り、だと……？

でも、そんなムサコネイティブの私の願いもむなしく、ひとたび町に資本が流入して一気に大胆な再開発が始まり、おしゃれタワマンイメージが広まって「住みたい街TOP3」なんて分不相応なタイトルを手にしてしまうと、賃料とともに地元民のプライドも上がってしまうのだろうか。「武蔵小杉からマックが消えた――タワマン林立で賃料もランチも上がる」として、武蔵小杉にあった3店のマクドナルドがことごとく閉店したと報じられている。庶民の味方マクドナルドが1店もなくなった？　これは一大事！

同記事では賃料アップを原因と匂わせているが、そりゃ賃料なんて物価と一緒にうなぎのぼりだ。セブン&アイ・ホールディングス資本のグランツリーだ、東急スクエアだ、三井不動産グループ資本のららテラスだと、「上質な生活」感を前面に出す大型オシャレ商業施設がどんどん投入され、最近のムサコの消費セレブ化は目に余る。

なんか生まれたときからデパ地下食材とハイセンスなインテリアとちょっとお高めのお洋服とアロマのいい香りに囲まれて育ったふり。違う、あの頃キミたちはイトーヨーカドーやマルエツの食材や下着で育ち、聖マリアンナ医大東横病院前のマックで放課後にポテト食べて、その先の「友&愛」でレコードやCD借りて、FROMの上の文教堂か駅前の住吉書房でコミックスの発売日を心待ちにしていたじゃないか……（遠い目）。

ムサコのタワマン群、ゴジラによって焦土と化す

変わりゆく同級生を遠くから見守るような気持ちで、ムサコを眺めていたムサコネイティブの私。いまの心境を例えるならば、地元の庶民的な居酒屋に何十年ぶりに集まった同窓会で、「あの子だいぶ変わったよ」と噂には聞いていた素朴な優等生だったはずの同級生が本当に激変し、マインドまでイケイケになっているのを目の当たりにしてしまい、その違和感をどう処理していいのか戸惑うような、こんな場面だ。

「あ、俺？　大学出てからは、そうだなぁ、ま、会社に近いし遊んでもすぐ帰れるってことで渋谷区から港区あたりを中心にずっと一人暮らし続けてきたけど、それも飽きたよね。いい子見つけて結婚したからには、やっぱり子供と住める広さといい環境を確保してあげたいし、何よりホラ、ちょうど外資に三度目の転職して勤務先も溜池山王になったし、東急目黒線乗り入れで1本っていうのが魅力かな。

かつ、タワーマンションだからセキュリティも住民のクオリティも売買の流動性も担保されて、近所付き合いだとか面倒なこともないし、お互い気が楽でしょ。カミさんも、もちろん出産後も仕事は続けていきたいヒトだからさぁ、駅前に保育園とか学校とか塾とかが揃ってなくて悩むのも時間のロスじゃない。そういう意味で、全部駅前に揃ってて、学生時代から一通り遊んで知ってるエリアが沿線に全部並んでるいまのムサコが、俺にとってはちょうどいい選択だったんだよね」

なんて、その同級生（ちょっといいスコッチウィスキーとか傾けながら↑居酒屋だっつーのに）言いそーーーー。すっげー言いそーーーーーーーー。

さて、そういう「お前、そんなヤツじゃなかったじゃん」感満載で変わり果てたかつての同級生・ムサコだが、映画『シン・ゴジラ』ではゴジラ上陸を阻止するタバ作戦の主戦場となり、無残に潰された。林立する武蔵小杉のタワマンの間に佇むゴジラが総攻撃を受けて苦しみもがく。多摩川にかかる青い丸子橋が真ん中でねじ折られ吹き飛ばされ、噴煙を上げる焦土となったあのエリアを見て、「それでこそ、私のふるさとムサコだ……」と映画館で胸を震わせた私でしたよ！

3歳の壁、小1、小4……子育てに壁が多すぎる

日本の子育ては〝壁〟だらけ問題

「元・リクルート最強の母」との異名をとった堂薗稚子さんのコラムが配信され、世間のワーママがざわついた（東洋経済オンライン「過去最高に高い『小4の壁』で悶絶する母たち」）。

……子供も居場所を確保しておくことだけでなく、精神的なサポートを求め始める年齢になってくる。新しい段階に入ってきた育児に対して、職場をはじめとする

周囲は、悪意はなくても「子育ては楽になったでしょう」「ひと段落したね」と言い、「もう育児での制約は少なくなったんだから、存分に働いてもらうよ」と言わんばかりの人事制度にも直面する。もしかすると、よく話題になる保育園入園の壁や、小1の壁より、小4の壁が働く親やこどもたちにとって、いちばん高く感じてしまう壁なのかもしれません。

小4の壁が具体的にどのようなものであるかの説明は元記事にお願いするとして、「小4が過去最高に高い壁」「働く母たち悶絶」と聞いて、そう遠くない未来の危機感を突然あおられ、不安になったワーママは少なくなかったもよう。読者からは「3歳の壁や小1の壁をようやく乗り越えてきたのに、まだあるの……」「しかも過去最高って、もう無理」「働く母って、どれだけ子育てに悩めばいいの」とのうめき声が上がる。

〝壁〟かぁ……。子育て界隈では、2000年代後半から「○歳（小○）の壁」なるフレーズがごくごく自然に流通し、働き続ける母親たちの口の端に上ってきた。これまで話題になったものをまとめると、1歳（保育園入園）、3歳（3歳神話など、姑世代との方針対立）、7歳（小1・学童開始）、10歳（小4・自我の目覚め）、12歳（小6・中学受験）、そしてティーンエイジャー（思春期）と、ワーママの子育ての道には少なくとも6枚の〝壁〟がそびえていることとなる。

いくらなんでも2、3年ごとに親子の行く手と視界を阻む〝壁〟が出現するなんて、どう見ても日本のワーママの子育てって困難すぎ、苦行すぎやしないだろうか。そう思わされるくらい、〝壁〟という言葉には重圧感、拒絶感、絶望感がある。養老孟司先生の『バカの壁』という本があったように、壁とは本来乗り越えるのが容易でないことの例えであり、乗り越えられない人にとっては拒絶や断絶に近いものを指す言葉だ。『進撃の巨人』にあるように、それは人を喰らう巨人から人類が身を守る最後の盾であり、視覚的イメージとしてはベルリンの壁や万里の長城めいた雰囲気さえある。

つまり、子育て界隈で母たちが語る「○歳の壁」とは、その壁をもって〝働き続けられる母〟と〝働き続けられなくなる母〟をふるいにかける残酷で大きな試練、そんな意味が込められたフレーズなのだ。

〝壁〟が連呼される仕組みとは

「〝壁〟だと思うから〝壁〟になっちゃうんじゃないのぉ？　もっとリラックスしたらぁ？　母親が頭でっかち、気負いすぎなのよぉ」。あるいは、「いまの若い女の人はあれもこれもって欲張るから、板挟みになるのよ！　母親なら子供のためにもっと我慢するべきよ！」。すでに子育てが手を離れ、うまくやりおおせて喉元過ぎた世代や、比較的余裕を持って子育て安定期へ漕ぎ着けているような層からは、「〝壁〟なんて昔はなかった」、そんな意見が聞こえてきそうでもある。

その物言いが広く理性的な視野から発せられているものかどうかには疑問があるが、なぜいまのメディアが「壁、壁」とやたら壁を立てるのか、そこは深掘りしてもいいと思う。わざわざワーママを生きづらくしていないか？　子育ての不安をあおっちゃいないか？　若い世代からすれば、そんな壁の存在をいくつも喧伝されて、「つらそう〜。大変そう～。そんなに子育てがつらいんなら、私はカンベンかな～」と考えるのも無理はない……とも思えてしまう。

メディアが「壁、壁」と連呼する仕組みを紐解こう。

発信源は、当事者であるワーママたちが漏らす〝実感〟なのだ。そしてその〝実感〟を拾い上げて記事化する現代の編集者、メディア人もまた、ワーママであることが多い。メディア業界にワーママが増えており、彼女たちが自分の経験をもってワーママ界隈の実感を代弁している。すると、日々〝両立〟の現場にいるワーママの実感値としては、1歳・3歳・7歳・10歳・12歳そして思春期がキツい。現代の働く母たちが実際に何がしかに直面し、「本当にこのやり方で大丈夫なのかしら」と考え直し、自分や子供や家族の状況検分と使用可能な資源の棚卸し、計画の練り直しを迫られるのが、その時期だ。

だから育休世代以降、働き続ける母がデフォルトとなる現代の〝壁〟論議は、決して思い込みの強さや被害妄想ではないと、私はぜひ言い添えたい。それはまさにいま、リニアにリアルに働きながら子育てを経験しているワーママたちの実感だ。だから〝壁〟

がメディアに出てきたとき、世間はそこにひとまず耳を傾けるだけの価値がある。〝女性活躍推進〟の結果、何がいままさに活躍している同時代の働く女たちを悩ませているか、その実感がそこに語られている。つまり、そこに〝日本社会のリアルな壁〟がある。

メシのタネなので本当は教えたくない……が、いま次世代生産たる子育てもしながら知的な社会的責任も負い、なおかつ女性としての人生の追求も同時進行している30代や40代のワーママはメディア的に【超ホット】なのだ。繁殖も消費も納税もし、かつ未来に向けて投資もし、政治的意見も持つ。しかも、これまでになかった〝有職女性〟という分厚い層として。そもそも、これだけイクメンだなんだと子育ての平等を煽られている世の中で、なんで女親だけが〝壁〟を意識するのか？　なぜ女親にしかその〝壁〟は見えないのか、実感がないのか？　なぜなら、彼女たちがいま最も社会のいくつもの側面において当事者性が高いからなのだ。どうやら女親にとってのみ、その〝壁〟が自分の領域のヒリヒリとした問題、自分ごととして感じられるからなのだ。

例えば7歳で子供が小学校入学と放課後の学童保育との〝ダブルスクーリング〟を毎

日当たり前のこととして始めるとき、新しい負担による子供の心身の反応が〝自分の心身〟へもダイレクトに反映されるのは、母親か父親か？　壁と聞いてピンとこない人は、それだけ仕事と子育ての両立のフィールドにおいて、どこか肝心の的を外れた位置にいる、一番痛みのあるスポットから離れていられるということでもある。

子育ては「自分の過去」と照らす作業だから悩む

〝壁〟問題とは、先輩面した「子育てって大変なのよぉ〜！　でも頑張り屋さんの私は乗り切ったけどネ☆」アピールとは異なる、いまの子育ての現実を知ったがゆえのうめきだったり、悩みだったり、葛藤だったりを同世代の母親たちがネット社会を利用してリアルタイムで言語化した結果、生まれた潮流だ。同世代へ向けて「これ、悩んでない？」と声をかけ、後進へは「あなたが行くほんの少し先にはこんな問題が待っている可能性が高い」と知らせる。

仕事と子育ての両立それ自体が人生の中長期的目標の一つであり、大きなトピックとなりがちな育休世代。彼女たちの多くにとって、〝共働き家庭で子育てをする〟とは、自分の過去の生育歴と照らして、自分たちには経験のないことだ。それを育休世代は世代規模で始めた。子育てとは常に自分の過去と照らしての作業だから、子供の成長に変化が現れたとき、親の胸中には自分が3歳・7歳・10歳・12歳・ティーンだった頃の「あの頃の記憶」が蘇ってくる。それぞれの年齢での子供の課題は質が異なり、それはつまりそれぞれの段階で求められる「子育て」の表情が異なるということでもあるから、子供の変化に戸惑うとき、正直、多くの母親の胸をよぎるのは、「常にそばにいてあげられない自分のせい？」という一筋の不安なのではないだろうか。

だが子供の要求に応えてあげられていないのではないか、と葛藤する母親は、そう思うほどにもう十分子供と向き合って努力している。葛藤はノイズを起こすもので、それは母親たちが解決を目指してたてるノイズだ。〝壁〟が見えたら、「壁がある」と声をあげれば、いつか他の、それを解決する意思や力のある誰かの耳に入る。それは〝女性活躍推進〟なる、前代未聞の社会的取り組みの対象たる女性たちだからこそできること。だから、ぜひ声を上げていってほしいと私は思っている。迷いながらでもジャグリングをするその姿が子供世代へ最終的に教えるもの、それ自体がすでに何よりの教育であり、継承であり、子育てだったりする……というのが、仕事を持つ母のもとで育った私自身の信じるところだ。

日本社会にはびこる子供ヘイトの本質

子供が生きづらい社会だ

「現代の子育てが、息苦しい」。子育てをしながら、そうこぼす母親や父親たちがいる。街の中一つ歩くにしても、路上や電車内のベビーカーが鬱陶しいとか、偉そうに何様だ、もっと肩身狭そうにしろとか叩かれる。飛行機や新幹線で子供が泣くと、必死であやして早く泣きやませなければ、あちこちで聞こえよがしな舌打ちや呟きが響く。

子供が公園でボール遊びをすると周りの利用者に危険が及ぶから、野球もサッカーも禁止、大声も禁止で、昔ながらの子供の遊び場なんてろくすっぽない。子供の蹴ったボールを避けようとしたバイクが転倒して、骨折した高齢者がのちに死亡したケースでは、遺族に訴えられてとうとう最高裁に。家にいたらいたで、子供の声や足音がうるさい、と階下の住人が怒鳴り込んでくる。保育園に入れたくても空きがなくて入れない。認可保育園が新設されると思ったら、近隣住民の反対で頓挫する——。

最近、子育てを取り巻く報道や世間での話題が、どうも子供フレンドリーではないのではないか。日本社会には子供ヘイトがあると思われても仕方ないほどの、ネタの豊かさである。子供が生きづらい社会だ。「子供らしくない」なら、ないで責められ、子供らしくあっても、それもそれで責められる社会だ。

入園募集を始めていた東京都内の認可保育園に対して集まったのは、近隣住民約220人分の反対署名。公園には「サッカーをした場合、警察に通報します」といった脅しとも取れる看板が設置。そんなふうに大人たちが手間ひまかけ、エネルギーを投入してまで、どうして子供を忌み嫌い、自分たちの生活圏や視界から排除したがるのだろう？

時代のせい？　地域性？　それとも、国民性？「田舎は子供が少ないからすごく大切にされていて、いろいろと環境が恵まれている」と、東京から地方へ移住したワーママが話す。地方の方が却ってムラ社会で関与が大きく、それを生きづらいと思う子育て層もあるという調査報告があるから、決して地方が恵まれていることばかりではないという意見もあるだろう。ただ、彼女の感想から感じられるのは、田舎の方が子供という不完全で、もともとうるさい存在に対しての耐性が強いだろうということだ。

なぜなら、整って安全で便利な「コントロールされた社会」では、不完全でアンコントローラブルな存在はリスク扱い。東京は他に類を見ない安全で清潔な都市で、中でも駅での整列乗車の自発的な徹底ぶりや電車内でお互い決して関わり合おうとしない異常な静寂には、海外の公共交通機関に慣れた旅行者からは「なんだか怖い、人間的じゃない」という感想さえ聞く。そんなふうに整理整頓されコントロールされ、秩序の下で同じように振る舞うことを暗に求める社会では、そうじゃない、言うことを聞かない存在である子供は「社会の宝」どころか、秩序を乱す「社会的ノイズ」であり、「リスク」なのである。そして、そんな社会は子供への耐性が低い。だから揉める。

でも、社会の成員とはもともと粒揃いなわけがない。心身健康でルールに従順な人間

（それもどうかと思うが）ばかりじゃなくて、さまざまな弱者がいるのが自然だ。弱者理解や、「政治的正しさ」の理解が浸透して、例えば障害者を排除しようとしたら、それは悪だと認識される。でも、子供は結構おおっぴらに排除される。なぜ、それは許されるのだろう？

「親の顔が見たい」の心理

子供は親とニコイチとされている。子供が故意でなく蹴ったボールが引き起こしたバイクの死亡事故の件からもわかる通り、未成年が犯した罪は、親の管理責任として追及される。つまり、もともと子供を「秩序を乱すリスク」であるとみなすタイプの社会が、「そのリスクを管理できていない親は責任を取るべきだ」として、親を罰しているのだ。

「親の顔が見たい」という定型句に、その精神は明確に表れているだろう。この言葉は世のあちこちに登場する。キラキラネームやキッズモデルなどの好き嫌い程度の話題。べビーカー、散歩ひも、早期教育やお受験、学力低下、公園問題、保育園問題（『そんな年端のいかない子供を預けて働くなんて無責任な親たちのために、この閑静な住宅地に保育園なんか造るな』というご立派な意見が存在する）などの、他人の子育てに口を出したがる話題。虐待事件などの真に親の責任が問われるべき問題までいかずとも、世間で子育てに関して話題になるものは、それが合理的であるかどうか以前に、まずどこかしら明に暗に親を罰する部分がある。

社会（というか自分）に迷惑をかけるような子供を育てているのは「バカ親」だ、と不快感をあらわにして一方的に断じ、「そんなバカ親には社会的制裁が加えられるのが当然」と疑わずに、エネルギーを投入してまでおおっぴらに批判する。子供へヘイトの本質とは、「俺に／私にとって迷惑だと感じられる子供のバカ親」へヘイト、断罪する精神であり、要は「センシティブな俺の／私の快適を精神的にも物理的にも脅かす、小さな子供という世にも恐ろしい存在」への耐性の低さ、アレルギーなのである。しかしまぁ、繊細な社会であることよ。

実は「字が汚い人」ほど頭がいいってホント？

美文字の秀才と、悪筆の天才

「字が綺麗な人って賢そうな印象がありますが、林修先生によると〝本当に頭がいい子ほど字が汚い〟のだとか。どうなんでしょうか」とｃｉｔｒｕｓ（シトラス）編集部からメールが飛んできたので、私（幼少時は字が綺麗と親からも先生からも褒められるよい子だったのに、大人になった現在、取材ノートは自分でも読めないのが困る）の思うところをお答えしよう。

林先生が説く「東大合格者トップ層は字が汚く、２番手グループは字が綺麗」には、私にもなんとなく実感がある。その昔、中学受験塾や美大受験予備校で国語や英語、現代文や小論文を指導していた頃、毎日のように生徒の小テストや作文を採点したり、授業中にノートを見回っていたりした私には一つ発見があった。

「勉強のできる子には2種類いる。粒揃いの綺麗な字を書く秀才と、本人にしか（本人にも）読めない謎の象形文字を書く天才の2種類が」

その後、彼らを見守るうちにわかったことがあった。それは、「字の綺麗な秀才タイプは、お手本をまねて紙上の空間のバランスを取りながら字を書くことができる。つまり〝規範意識が強く、周りの秩序を重んじる〟性格傾向があり、かつノートや答案を見る者（自分を含む）への強いプレゼン意識がある」ということだ。

そして、「いわゆる悪筆で、もじょもじょと謎の線を書きつける天才タイプは、溢れるアイデアに手や言葉が追いついていかない傾向がある。そもそもノート自体が、のちに人が見るための記録ではなく、書きながらリアルタイムに思考するためのツール。つまり勉強は他人のためでなく、あくまでも自分のため。考えること自体が楽しいという脳の持ち主で、その延長上で勉強ができてしまう」。

確かに字が綺麗なほうが採点者（私）の印象はいいのだけれど、本質的な勉強のできるできないに字の綺麗さは全く関係ない。さらに言うなら「こんな考え方もあったのか！」と採点者が驚かされるような冴えた輝きを見せる生徒の字は、大抵ヘタクソというのも、発見だった。

日本の国語教育では「悪筆は恥」と刷り込まれる

私が小学生の頃（ええ昭和ですが何か）、親や他校の大人が見学にやってくるようなイベントが近づくと、先生たちは生徒に習字や作文を書かせ、せっせと壁に掲示したものだ。日本の初等教育では、何かを書いたり描いたり作ったりするというのはどうしても「他者と並べられて品評される」ための行為なのである。だから、何を書き描いているかという中身よりも、まず見た目が綺麗で大人の目を引き感心させられるかどうかが、子供たちの関心や動機になりがちだったように思う。特に女子。

さらに国語教育では、過去も現在も漢字の書き取りにおいて字のバランスや〝トメ・ハネ・ハライ〟の細部の徹底に膨大な時間と労力を割いている。「書く」に「道」がついて書道なる伝統アートが存在するように、「字は精神を表す＝美文字は美意識と教養の高さ＝悪筆は恥じるべきこと」という感覚が、きわめて根深く刷り込まれているのが、日本の国語教育なわけだ。

いまもその潮流は健在で、日本では「字を綺麗に書けること」が学業評価のわりと大きな部分を占めているような気がしている。「字が綺麗で、机の周りもロッカーも綺麗で、給食も綺麗に食べられて、挨拶がきちんとできる子は先生のお気に入りの〝いい子〟」、いまだにそんな感じ。それは自分のセールスポイントを他者に向けて可視化する能力、つまりプレゼン能力に長けている子供である。

逆に、発想とエネルギーの塊のような、「字はぐちゃぐちゃで身の回りは散らかしっぱなし、給食中も考え事で頭がいっぱいなので食物を口に運ぶこと以外気にしない。歩いているときも頭がいっぱいなので周りが見えず挨拶なんておざなり」、そんな子は自分の能力が先生たちにわかりやすく可視化されていないので、「勉強はできても、だらしないのが欠点」などと、場合によっては面倒な問題児扱いされてしまうことも。

中身でなくルックス、本質でなく外形が評価されるとは、実に形式主義的だなーとも思うのだが、まぁ日本はそういうアプローチが好きな文化なので、そうやって刷り込まれ、小綺麗にまとまるように教育される傾向があることは否定できない。でも小綺麗にまとまるとは、つまり〝小さくまとまる〟、小粒だ……と言えなくもない。

「字が綺麗？　だから何？」だった米国

美文字の秀才が秀才にとどまるのは、ひょっとすると〝教養や美意識〟を追求する動機の中に、「他人から見られること」「他者からの評価」が拭えないからかもしれないな、などと思うことがある。他者からの評価を乞うのではなく、自分で自分の達成度やゴールを決めるような天才タイプは、他人にどう思われようが、比較されようが、自分で自分を褒めることも叱咤することもできる。だから、そういう子が字を綺麗に書くとすれば、それは人によく思われたいからではなくて、自分にとってそれが必要だからなのかもしれない。

大学生のとき、米国の大学のサマースクールでエッセイライティング（小論文講座）の授業を受けていた。私なりに衝撃を受けたのが、いかにも日本人らしくたおやかで控えめだけど英語はイマイチな他の女子学生が、典型的な日本の英語教育で習得した美しいスクリプト（筆記体）でエッセイを提出したとき。教授が「うわぁ、こんな繊細な筆跡は初めて見た！」と驚いてみせ、しかしその場で再提出を通告したのだ。「綺麗だけど、内容にもっとエネルギーを使って」と。

ボストンの有名なアイビーリーグの大学だったけど、そこに通うアメリカ人たちの筆跡はどれも決して綺麗でないどころか、殴り書きに近いようなノートが散乱していた。ただ、書くスピードがとにかく速い。頭に浮かんだ先から書きつけているのがよくわかった。大きな川を隔てた向こう岸には、もう一つ世界的に有名な理数系の大学があり、その学生たちの寮にも遊びに行ったけれど、数学や物理を学ぶ彼らの部屋の中には、誰も読めないような数式（らしきもの）がのたくった紙が床じゅうに散らばっていた。天才たちの住み処には美しく綴られた筆記体などなく、あるのは「彼らの思考を深めるために使われた文や記号や数式たち」だった。だからと言って、字が汚いほうが頭がいいなんてわけではない！「字の綺麗さ」にそれほど価値観を置かず、エネルギーも注がないということである。

日本では、美文字は「まともな大人のたしなみ」なのだとか。それは素敵なスキルではあるかもしれないけれど、広く世界に視野を広げればできないからといって「恥ずかしい」とか「頭が悪い」なんて烙印を押すようなことではない。日本の初等教育で字の綺麗さにやたらとつぎ込むエネルギーは、もう少し他のこと――例えばもっと視野を広げること、知識を深めること、クリエイティブであることやユニークであることや逸脱を許すこと――に振り向けると、もっと日本人全体が生きやすくなるかもしれない。まぁそう言いながら、キーボードや音声入力ばかりですっかり手書きをしなくなってしまった自分の筆跡が年々酷くなるのを見ると、毎年お正月あたりに「ペン字で美文字を身につけよう！」なんて折り込みチラシを熟読しちゃう私である。

第3章

それでも前を向く女たち

真矢ミキが見せた「まき直す」人生
30代どう生きる？

ねえねえ日本、女のピークは20代だとか言ってていいの？

「パリに住んでいたとき、カフェでたまたま隣合わせた老婦人たちが『ホラ見て』って、バッグに入れて持ち歩いている若いときの写真を見せてくれたんですよ」。フランス在住歴の長い日本人女性が話してくれた。「でね、それが全員『40代の頃よ。一番輝いていたわ。どう、私美しいでしょう』って言うんです。若くなければ価値が下がると考える日本とは違って、フランス人女性は40代が一番充実していると考えているんですね」

――え、「40代が一番輝いている」？　一昔前まで「25過ぎたら女じゃない」「女の人生はクリスマスケーキ。24までは売れても25以降は売れ残り」とか、「子供を産んだら女じゃなくなる」なんて、女性を踏みにじりおとしめるとんでもない無知蒙昧《もうまい》な発言が日常的に横行していた日本では、考えられないほど自由な価値観だ。だって、一昔前の日本では「女の賞味期限（その後は廃棄処分）」だった25歳から、さらに20年たってフランスではようやく「最も輝く」と感じるのだから。

体力的には決してピークではない40代がなぜ一番なんでしょうね、と私が聞くと、彼女はこう答えてくれた。「はつらつとした美の価値ももちろんだけれど、成熟して憂いを帯びた美にも価値を感じる文化だからではないでしょうか。そしてフランス人の女性観で特徴的なのは、文学や音楽・哲学などの教養や、対等な議論など、女性に知性を求めること。人生経験を積んで手に入れた知性と、憂いを帯び始める肉体、そのバランスがちょうど40代で最高になるという考え方なんですよね」

「賢い女は、言い返してくるからメンドくさい」「黙って微笑んで人の言うことを聞くオンナノコのほうが可愛げがある」。そんな物言いこそ、日本では典型的だった時代もあるほど。女性に人生経験や知性を求め、そこに価値を置くフランス社会の成熟度の前に、彼岸《ひがん》と此岸《しがん》ほどの距離を感じた。

人は皆、やっぱり、諦めずに何か頑張り続けている

元宝塚トップスターの女優、真矢ミキさんが、2017年8月に高卒認定試験の5科目に合格し、「高校、大学に行けなかったという人生の穴が自分の中で大きく開いていた。自分はそのときに費やしたもの（宝塚）があるからという考えだったけど、埋められるものならいまから埋めてもいいんだと分かった」といい、涙を見せたと報じられた。

朝の帯番組司会を務める中で、共演する専門家たちの知見に触発されての受験決意だったとか。状況次第では、いずれは必須8科目のうち残り3科目にも合格し、大学入学も見据えたいと考えているそうだ。

だが、もちろん多忙な仕事の中、もう学生時代などはるか昔の記憶となった50代で国語・英語・現代社会・日本史・世界史の5教科の勉強の準備を進めるのが、簡単なこと

であるわけがない。仕事の合間に塾で一日5時間缶詰めになる生活を経て、「こんなアホだったのに。すごくないですか」と涙を流す合格へと、たどり着いたのだ。

努力の量に感嘆するのはもちろんだけど、私が感銘を受けたのは「人生に開いていた大きな穴」を50代で埋めようと決意した、その勇気とバイタリティー。真矢さんは中学卒業後に宝塚音楽学校へ入学し、トップスターへと駆け上がった、いわば宝塚エリート中のエリートだが、当時の宝塚音楽学校の制度では、卒業しても高校卒業資格を手に入れることはできなかった。

それを「もう仕方のないこと」と諦めてしまわずに頑張り続ける、その心の強さと潔さに（私よりも年上でいらっしゃる方にこんなことを申し上げるのは失礼と承知で）あっぱれと胸がすくのだ。人生は、勇気さえあれば、本人次第でいつでもどういう形でもまき直せるのだなと。

でも、そういうのは能力や気力や体力やさまざまな条件に恵まれた人の話であって、「私」の話ではない――と、どこかではっきりと線を引いている人も多いかもしれない。

私も、「そんな時間ないし。お金だってかかるし。挑戦してみたところで、不向きだったり失敗したりしたら損でしょ?」なんて、特に走るとか筋トレとかを「やらない言い訳」ならたくさん並べられる、怠惰な人間である。

ところが最近、周りの40代女性に新しいことを始める人が増えてきた。それまでは専業主婦だった女性が、ピラティス認定講師の資格を取ってスタジオトレーナーとして就職したり、ソムリエ資格に挑戦したり、大学院へ通い始めたり、バリキャリ女性が外資に転職して、「いやだいやだ」と文句を言いながらも英語レッスンに通ってめきめき上達したり。彼女たちは生活スタイルをぐっと変えて、キラキラとしている。

「そうか、生き方を劇的に『リセット』しようだなんて思わなくてもいいのだな」と思う。それは美しい話や立派な話じゃなくて、全然かまわない。ちょっと興味がある、だからまず小さいことを始めてみる。それを積み重ねると、他の人が見たときにあっと驚くような大きな変化になっているのかもしれない。

要は、新しいものを怖がらないこと。新しいもの好き、さらに言うならミーハーでいいのだと。ミーハーであれば、ミーハーゆえに、一番初めのハードルもひょいと越えて飛びつけるのだ。「中身が伴っていない」なんてイヤミを言われたって、外野の声は気にしない。形から入っていいし、動機は不純なら不純なほど、逆にやる気も出るというものだ。例えば、好きな芸能人と同じ趣味だから、とか（私も高橋一生くんがめっちゃ筋トレしてる、とかだったら、同じジムに通いた〜いなんて、超不純な動機で始めたりする自信がある！）。

じゃあ、輝く40代のために30代で準備することって？

本書を読んでくださる読者の皆さんの中には、20代後半から30代の方も多くいるだろう。超働き盛り、学び盛り、恋愛盛り、ライフイベント盛り、悩み盛り。この先どうやったって何か新しいことを始めるなんて無理……と、いまのことに目一杯で、40代や50代の自分を「まき直す」とか「リセット」なんて想像もつかないかもしれない。

そういえば先日、同級生の40代バリキャリが「部下の27歳女子が『私はまともな結婚はできないと思ってるんです……』って悩んでてさ！　27だよ！『なに27で人生決めちゃってんの!?』ってびっくりして叫んじゃったわ」とぼやいていた。彼女は20代で結婚したものの、30代でバツイチ再婚して一児の母となり、転職のたびにキャリアアップしてきた自由人。彼女の人生は30〜40代でこそ、劇的に変化したのだ。

私はこう答えた。「でもさ、私たちも30歳を目の前にしていた頃、どこか『もう終わりだ、これ以上自分は成長しないし、変わることはできなくて、あとは惰性で生きるに違いない』って信じ切っていたよね」

それはなぜなのか。学校を出て就職して、もしかしたら結婚して子供を産んで、それが「人生の終着点」だって思い込んでいたからじゃないだろうか。その後のほうにこそ、それ以前よりも長い人生が待っていることを、私だって頭では分かっていても想像なんかできやしなかった。

人生100年時代といわれるこれからを生きるには、30や40歳がこの世の最果て（そしてあとは惰性）だと思っていたらもうその先は走れなくなってしまう。いま見えている地平線の先にこそ、フランス女性の言う「ワタシ史上最も輝く季節」が待っているのだから。

だから、アラサー女性の悩みは、こんなふうに変換して考えるといいのかもしれない。

「仕事以外の好きなことが欲しい、探している」

↓いいじゃん、いいじゃん。余裕出てきてるって証拠じゃん。

「この仕事を続けていいか迷っている」

↓迷えるのは選択肢がある証拠だから！　むしろ期間限定の特権。大いに悩むべし。

「なんていうか……すべてが悩みなんです」

↓1年後はいまと違う悩みになっているはず。バージョンアップできないわけない！

「もう結婚できないいんじゃないかと思ってる」

↓人生何が起きるか分からないから、決めつけないほうがいい。生きていれば必ず何かがやってくる。

「正直、自分はキラキラなんかできないと思っている」

↓あなたの人生はあなた独特のもので、あなたが主役。これまでのことを小説風に書いたら、意外なほどめちゃくちゃドラマチックになるはず。

「40代でワタシ史上最も輝く」ために必要なのは「知性」と「体」のバランス。40代でV字回復を決めるには、まずは20代や30代で「自分はここまでしかできない」と決め込んでしまわず、年を取ることを怖がらない、オープンな感性の準備が必要なのではないだろうか。

フランス女性のような「精神の自由」をインストールしよう

アラサーの皆さんが40代になるのを怖いと思ってしまうような40女になってしまわないことが、私を含むいまの40女たちの使命でもあるように思う。そしてさらに年を重ねても、パリのカフェにいた老婦人たちのように、あとで振り返ったときに「どう？　輝いているでしょう？　美しいでしょう？」と初対面の人に向かって肯定を柔らかく強要（笑）するくらいの、自己肯定感とユーモアに満ちた女でいたいものだ。

妬まない、ひがまない、良くも悪くもミーハーで自分なりの「更新」を繰り返せる、精神の自由をインストールした女でいたい。

冒頭の、フランス在住経験の長い日本人女性が言った。「パリ郊外のひとけのない田舎道で、歩いているのは私と、白髪のおばあちゃんしかいないときに、後ろで『マドモワゼル！（未婚の若い女性を呼ぶ言葉）』と誰かを呼ぶ男性の声がしたんです。そうしたら、私の前を歩いていた70代以上としか思えないおばあちゃんがハッと振り向いたんですよ。いくつになっても、『女』であることを意識しているフランス人女性らしさを感じるとともに、私にはできないと思いました（笑）」

たとえ70代であっても「マドモワゼル！」と呼ばれたら、「それは私のこと？」と振り向く自由な精神がまぶしい限り。そういう女に、私もなりたい！

産まないと決めた40代のイイ女に何が起きているか

安室奈美恵さんの引退がアラフォーに与えたインパクト

夫もかわいい子供もいて、キャリアも順調。はたから見れば、人もうらやむ恵まれた人生を送っているアラフォーのバリキャリ女性が、安室奈美恵さんの引退報道を聞いて、こんなことを言うのだ。

「私はアムラーではありませんでしたが、安室ちゃんの歌を聞きながら青春時代を過ごした30代後半です。眉毛もあの時期に抜きすぎて、いま、増毛に必死です。安室ちゃんは走り続けて40歳で見事なゴールを決めて『引退』。人生１００年時代といわれるいま、私はこれからも、ゴールがどこか分からないままなんとなく走り続けるのだろうかと空を見上げてしまいました」

増毛はともかくとして、走り続ける先にゴールが見えないのは、確かに空を見上げたくもなるよね……。

2017年9月20日に40歳の誕生日を迎えた安室奈美恵さんが、翌年9月16日に引退することを発表した途端、SNSはアムロ一色の大騒ぎになった。

「なんで?」とその理由を探ろうとする向きもあったけれど、安室さんと同世代の女性たちは皆、自分たちの青春を回顧し、アムロちゃんの決断に刺激されて、自分のあり方や生き方を問う反応を示していたように思う。「あの安室ちゃんが40で引退かぁ……私の引退タイミングって、どこにあるんだろう?」

安室さんの歌やファッションと一緒に10代・20代を送ったアラフォー女性たちが、軒並み、安室さんに自分を重ねていた。女性の生き方や趣味・嗜好が細分化したこの現代、もしかすると安室さんは最後の「みんなのヒーロー」であり、「基準」だったと言えるのではないだろうか。だから安室さんの引退は、安室世代であることを意識している女性もそうでない女性もまるごと、ちょっとセンチメンタルな気分にしたのだ。

女にとって40が特別な数字である理由

「なぜ女は嫉妬し合うのでしょうか」と、アラフィフの女性有識者に尋ねたことがある。「それは、どの女性も必ず40歳くらいまでに産む産まないを一度は自分で選択せざるを得ず、もう一方の道を捨てたり、道から降りたりするからです」との答えに、私はいたく感じ入った。

「40」とは、出産の生物学的なタイムリミットを示す、象徴的な数字。どの女性も40歳頃までにどちらかを選ぶ（選ばねばならない）からこそ、他方を「捨てる」「降りる」意識がある。だから自分とは違うほうを選んだ人が何かを主張すると、「自分だってあっち側に行けたのに」と、ざらっとした気分になるのだと。ざらっとするのは、自分の選択は間違っていないと、自分にまだ言い聞かせている部分があるから。その選択に迷いがなければ、あるいは消化できていれば、もう他人がどう生きているかにことさら左右されない、ストレスフリーな達観の境地が待っているのかもしれない。

大人の女性が「40代になって、楽になった」と言うのを、聞いたことはないだろうか。それはおそらく「女として、もう悩まなくていいから楽になった」ということなのだ。女性にとって、40は本当に文字通りの「不惑」の年たり得るのである！　まさにその年に引退することを以前から決めていたと言われる安室さんの姿勢には、確かに惑わない、凛としたカッコよさを感じさせられて、アムラーじゃなかった私でもやっぱりため息が出てしまうのだった。

産まないと決めた女、おっぱいにさよならした女

「40」という年齢を境に、誰しも一度は「捨てた」「降りた」を経験している40代の女たち。だからこそ、「もうあっち側には行かない」その身で、また新しい局面を選んで進むのだと思う。

最近、ご縁があって読んだ最強に面白い新刊エッセイ本が、たまたま2冊とも197 2年生まれで40代の女性著者によるものであることに気づいたとき、私は「やっぱり40

代の女は強いわぁ」と天を仰いだ。コラムニストの吉田潮さんによる『産まないことは「逃げ」ですか?』(ベストセラーズ)と、「女のプロ」との称号を持つ川崎貴子さんの『我がおっぱいに未練なし』(大和書房)。それぞれ、不妊治療をやめた女性と、乳がんで片方の乳房を切った女性の生き様が、共に思い切りのいい笑いたっぷりの軽妙な語り口でつづられる。

吉田潮さんは34歳のときに「付き合っている男との物理的な証」として「子供が欲しいという病」に陥り、それまで「夜の暴れん坊将軍」として自由に恋愛を楽しんでいた人生を一転、パートナーとの妊活への道をばく進。その後パートナーとの紆余曲折を経て「震災婚」に至り、本格的な不妊治療を開始した。

でも、その道のりは決して平坦なものではなく、「着床」が生活のすべてとなり「妄想妊娠」を繰り返し、流産を経験し、家族連れを見るのもつらくなり……。そうやって疲弊していく中で、「自分はそこまでして子供が欲しいのだろうか?」との疑問が頭をもたげ、42歳のときに不妊治療をやめる決断へ至る。「産まないこと」を選んだのだ。

「私は子供がいなくても自分が主語の人生をいかに楽しむか、だと思うようにした。

もちろん、子供ができなかった悔しさや己の不全感のようなものはゼロではなく、心の奥底に汚泥のようにこびりついていたりもする」

（『産まないことは「逃げ」ですか？』本文より）

「色々あったけど女に生まれてよかった」

女社長として、起業・結婚・出産・離婚・再婚・倒産危機・流産・元夫の死、そして二人目の出産ののち、次々と繰り出される事業展開……と、なんだか聞いているほうはフルコースを3周分くらい食べているような気になる、川崎貴子さんの濃厚で重厚な人生。44歳で乳がん宣告を受け、「(仮に自分が）ガン細胞であっても、私に住まうという腹落ち」で受け止め、「我がおっぱいに未練なし」とその場で全摘を決める潔さとユーモアには、何よりも彼女の「生きる」との明確な意志がみなぎっている。

家族や友人、仕事仲間たちと、手術・闘病をポジティブに徹して乗り越え、「本物の右おっぱいはなくなったけれど、今生きていることに比べたらそれはなんて些細なことであろうか」と人々に感謝し、日常をいとおしく生きる「ニュー川崎貴子」の人生は、そうでなかったもう1本の道を「選ばなかった」からこそ、そこで輝くのだ。

「縁あって家族になれた、私の大切な人たちが笑っている。ただそれだけで、胸が震えるほど幸せだということ」

「色々あったけど女に生まれてよかった」

（『我がおっぱいに未練なし』本文より）

どっちに進むのか、と迷うのは、迷えるだけの選択肢がまだ手元にあるから。いずれ否応なしにタイムアップとなって迷いや葛藤を乗り越えた先には、「自分で選んだ人生」が新たに始まる。40代セカンドステージのお立ち台によいしょと乗った、もう迷わない惑わない40女たち。

働き盛り最厚層の40代女たちは、いまそれぞれにもっと強く、もっとしたたかにしなやかに、「自分を主語」にして「未練なく生きる」のだ。

東京医科大の点数操作は「必要悪」？女性医師の本音

文部科学省の私大支援事業を巡る汚職事件。東京医科大学の贈賄・不正合格事件の捜査が進む中で、同大によって女子受験生を対象に入学試験の得点操作が行われていたことが判明した。その後、実は、女子だけでなく3浪以上の男子の合格者数を抑えるために、複雑な計算式による点数操作がなされていたという続報が出て大きな話題となった。

医学部受験生の中では「あるある」だった

これまでの報道内容によると、行われた点数操作とは、1次と2次の結果が出た段階で全員の小論文の得点に一律「0・8」の係数を掛けて減点。男子の場合は、減点後に現役と1、2浪の受験生に一律20点を加点し、3浪には10点を加点。女子と4浪以上の男子には一切加点をしなかったというもの。ちなみに、受験者の男女比率は約6対4、マークシート方式の学力1次試験を経た合格者は男女比率約2対1であるにもかかわらず、面接や小論文、適性検査で構成される2次試験を経た合格者における女子比率は、2割を切っていた。

この、2次試験での「女子敬遠」や、そもそも女子が一般的に苦手とされる科目や分野の難度を意図的に上げることで間接的に女子を合格させにくくするような学力試験の出題法は、医学部志望の女子受験生の間では「あるある」だったのだとか。女子は一種の諦めとともにそれを受け入れて、それでも医学部に入るために攻略法を練り、自分の努力で(実力以上に狭くされている)狭き門を突破してきたのだ。

医学部を志望したことのない文系の私は、それを聞いて「何、その女子をなめた業界!」と怒りがフツフツ沸いてきてしまった。点数操作を「いわば必要悪。暗黙の了解だった」とする東京医科大関係者のコメントにも「よくそれを公に言ったもんだー!」と、のけぞって驚いた。「女性医師は結婚や出産で離職するから系列病院の医師が不足する」「女三人で男一人分」なんて意見にも、「この多様性の時代に――」と頭を抱えた。

ところが、医師であり、ワーキングマザーである友人Aさんに意見を求めたところ、彼女は「非常に腹立たしく、国際的にも恥ずべきことです。でも一度頭を冷やして、いまの日本の病院経営（とりわけ総合病院）や医師の過重労働の現状を考えると、一定の理解はできるんです」と言うのだ。

「医学部受験って、ある意味で就職試験なんですよ」

医学部受験は、ある意味、就職試験

私と同世代の医師であるAさんは、誰もが知る日本や海外の一流の医大で学び、さまざまな医大付属病院での現場勤務を経験してきた優秀な女性。「大学受験が就職試験に直結するんですか？」と驚く私に、「そうです。医学部に入学し、6年間進級し、卒業試験を突破した者だけが医師国家試験を受験できますから、そうなるんです。就職試験だと思うと、女子制限があると聞いても『ああ』と、日本的な風習で納得してしまうものがあるでしょう。もちろん現代の世界基準ではトンデモですけれど」と続ける。

確かに、少し前までの日本の就職試験では女子制限の話などいくらでもあった。筆記試験の成績上位には女子ばかり並ぶけれど、それを全部落として男子を合格させる。企業の場合は「各社独自の方針に基づく採用」ということでそれがまかり通っていたのだろう（現代ではまかり通らせるのは困難と思われる話だけど）。でも今回は大学入試。私学助成金という形で税金も投入されており、特に公平性が問われる。


Aさんによれば、いま、多くの病院が生き残りをかけて医療経営の崖っぷちに立たされている中、産休、育休の可能性がある女性医師を雇い、その人がいない間にその分の仕事を回す余裕のあるシフトを作れるような経営体力があるのは、ごくわずかに限られた一部の病院だけ。すると病院経営の側から見たとき、女性医師を雇うことはリスクだと感じてしまうのだそうだ。

「ですからそれを正当化したい、男性優位型の病院経営を継続したいという私立医大には、いっそ補助金をカットして『系列病院の就職試験なので男子○割採ります』と宣言させ、ついでに医師国家試験を受けられる回数に上限を設けて一定以上の医師の質を担保すればいいんだと思います」

すでに海外メディアや国内の識者からも、「いっそ東京『男子』医科大学と名乗ればいいではないか」との皮肉が出ている通り、女子への入学差別を開き直るのであれば好きなだけ男子を集めればいい、と突き放すこともできる。しかしこれは東京医科大に限ったことではなく、私立医大に関しては入学の不透明さが（それこそ暗黙の了解として）長らくまかり通っていたはず。

怒っている私たちも、心の隅ではどこか「驚いていない」「なんとなくそうなんだろうと知っていた」、それなのに「そういうものだ」と受け入れ、批判の声を上げてきていなかったという部分はないだろうか。

日本の医療は医師の過重労働の上に成立している

Aさんはこう話す。「もし私が、複数の診療科を抱えて入院患者を受け入れるような病院の経営者なら、一定数以上の若い女性医師を雇うのはかなり覚悟が要ります。男女にかかわらず、医師を労働基準法の範囲内で働かせていたら、かなりの確率で病院は潰れるでしょう。医師の長時間労働、過重労働は当然視されており、それを見込んで病院の成果が求められているからです」

なぜそんな、いわゆる「ブラック」なことになっているのか？

病院が一般的な企業に比べて特殊な点は、診療報酬が厚生労働省によって決められており、自分たちで価格設定ができないこと。「企業努力」をして、ある分野で儲けられると思って頑張っても、超高齢化社会と医療費抑制トレンドの中、高い診療報酬を実現しようとすると人件費や設備投資のコストがかかり、安定的な経常利益の出る体制にするのが難しいのだとか。

以前、日本の医療政策のエキスパートが「日本の社会保障のコストパフォーマンスはOECD加盟国の中でも飛び抜けて高い」と話していたのを思い出した。それは国民が支払う社会保険料に比べて、受けられる医療サービスなど福祉の質が非常に高いということだ。

医療を受ける側にとっての「安くてきめ細かで安定的な医療インフラ」は、日本政府が国債を限界近くまで発行し、いまや医療に携わる側の労働条件をひたすら悪化させながら、彼らの個人的犠牲の上にようやく維持されているものであるともいえるのだ。

そして、社会的ポジションや職業的な憧れが依然高めにキープされているため、医師志望の学生は決して減らず、一般企業と違って人材不足で追い詰められない。もしなり手がいなければ、一般企業に起こったことと同じように「女性のなり手を増やすしかない」とスイッチが入り、優秀な女性にどう働いてもらうかという方向へ自然と思考がシフトしていくのに、そういう事態にない大学や病院側は「制限なく働ける男子学生が欲しい」と人材のえり好みを継続できてしまう。

「これまでも我々の献身で医療が成り立ってきたのだから、同じように昼夜問わず働ける男性人材を中心にこれまで通りシステムを回す。この超高齢化社会の到来を前に、医療システムに決して穴を開けないこと、システムを崩壊させないことが優先」という思考でいるから、男性優位社会である医療界の体質への反省や断固とした改革を求める動きが生まれにくいのだ。

女性医師がぶつかる壁は女性医師だけの問題じゃない

経営者視線で考えると、女性医師は「現行の経営を継続する上でのリスク」なのだと、先ほど触れた。子供が大きくなるまで救急対応や夜間の当直を受けないといった女性医師を雇うのは、短期的にはデメリットだ。そのデメリットを相殺する以上にメリットのある女性医師でなければ、つまり普通の男性医師よりはるかに人材的価値の高い女性医師でなければ、その場にいられない。

「積極的に雇いたいと思えるような女性医師とは、この人を雇えば長期的にメリットがあるぞと、メリットを可視化できる、もしくはそこまでの将来性を感じさせる女性ということで、えりすぐられたスーパーウーマンです。だから結果的に、第一線で働き続ける女性がなかなか増えないんだと思います」

厚生労働省のデータによると女性医師の数は近年増えてはいるものの、診療報酬が高く、長時間残業を余儀なくされる現場に携わる女性医師の割合は少ない（※厚生労働省　平成28年（2016年）医師・歯科医師・薬剤師調査の概況）。現役の女性医師たちに聞くと、「当直医もこなしていた小児科医の女性医師が当直のない皮膚科に転科」したり、「出産などを機に当直・オンコール（緊急対応）をしない働き方」を選んだりして、そのような現場から離れていく女性医師が多いのも事実だ。

これまで、入試での女性差別や女高男低の実力の傾斜があまり大きな問題にならなかったのは、女性医師の数がまだ少なく「お客さん扱いだった」から。そして、第一線の医療現場があまりにも多忙で、差別を差別だと口にするエネルギーが、当事者たちに残っていなかったからかもしれない。

Aさんはこう言い切った。「健康的な男性が過労死直前まで働いて、それでなんとか病院経営が成立するくらいに診療報酬が設定されているのが最大の問題です。もうそろそろ、病院の自助努力の限界が近づいていると思います。現場は破綻しており、現行の価値観、現行のシステムはもう持ちません。これから病院の再編が始まるでしょうね」

医療業界はまさに過労大国ニッポンの縮図。日本で私たちが当たり前だと思っている

「安くてきめ細かで安定的な医療インフラ」や快適な生活は、女性であっても男性であっても、常に誰かの犠牲の上に成り立っている。今回の東京医科大の入試差別は、医療業界と私たち日本社会の「破綻」が図らずも明るみに出たといえるだろう。

でも今回の問題には、明るい側面もある。それは、このように根深く歪んだ日本の医療構造の破綻が、国内で明るみに出ただけでなく海外にも知られたことで、より公正でバランスのとれた医療構造を目指し、社会的なプレッシャーがずっしりとかかるということ。これをきっかけに、世界の先陣を切って超高齢化の進む日本で、実験的で先進的な医療改革が起こるかもしれない。

いま医師を目指して受験勉強をしている優秀な女性たちには、この受験差別の件でやる気や希望を失ってしまうのではなく、いま学んでいる皆さんこそがやがて新しく変わる日本の医療の力となるのだ、とむしろ希望を持ってほしいと、心から願っている。

絶対アウトなセクハラの重みをオジサンが理解しない訳

財務省ヒエラルキーの頂点にいる男性次官が、えげつないセクハラ発言を若い女性担当記者に繰り返していたことが判明。週刊誌報道とともに聞くに耐えぬ録音内容が公開され、世間は怒ったり失笑したり、またもやテレビは盛大な祭り状態へと突入した。一聴して、明らかにアウト。オフレコだろうがオンレコだろうが、一方的な好意や蓋のできない性的関心があろうが、仕事のプレッシャーがキツかろうがお酒が入っていようが、仕事上の関係からその場に座っている相手に対し発する言葉としてあの異様な一連のフレーズが出てくるあたり、「ああ、芯の部分でこういう品性の人物なんだな……」「この相手にはこういうことを言っていいと思っちゃったんだな……」と、私は怒りを通り越して哀れを感じたのだ。

辞任が早かったのは「本人も分かり切っていたから」

濁った政治の世界を泳ぎ抜いて官僚の頂点まで到達した猛者として、本人もその件がもう確実にアウトと自覚しているのは、週刊誌に直撃された際の動画からうかがえた。優れた「タヌキ」となって生き残ってきた人が、それまでは不機嫌そうな態度一本やりだったところに「女性記者」と聞いて瞬時に思い当たり、とっさの感情的破綻を見せてしまう。食い気味に発せられた「失礼だろう！」の怒声に、私は年末大抽選会で金色の玉が出たときの「大当たり〜〜！」という歓声と鐘の音がかぶさって聞こえた気がした。

エリートの頂点にいる当人の「存在の耐えられない哀れさ恥ずかしさ」に思いを馳せ、いついたたまれなくなって辞めるのか、ちょうど政局に絡めてなにがしかの責任をついでに塗られて、更迭に向けてカウントダウン開始なのだろう……と、じっと目を閉じていたのだけれど、一旦は調査協力とやらの名のもとに「女性記者、名乗り出ろ」と醜悪甚だしい時間稼ぎをし、そこに女性記者が所属するテレビ局からの正式な抗議を受けて、「仕事にならない」とうそぶきながら、案外あっさり辞任。政治的理由でなく、あれほど恥ずかしいセクハラで辞めるのはエリートの結末としてあまりに不名誉だが、それくらい本人の手が真っ赤っかで誰もかばいきれなかったということかもしれない。

ところが財務次官をかばうに飽きたらず、告発した女性記者を「記者としてしつけがなっていない」「メディア人としての常識がない」「教育の至らない会社の責任でもある」と責める人々が登場して、私はそりゃもう腰が抜けるんじゃないかというくらい驚いた。

思考停止オジサン

セクハラ問題もさることながら、その「女性記者は非常識」なんて意見にこそ、私は怒り心頭。「女性記者を使う時点で、情報を引き出そうとするハニートラップ」「メディア業界ではよくあることでセクハラなんか織り込み済み」「そんな『ささいな』セクハラ音源を他社に売って、モリカケ問題で重要な局面にある財務省の仕事をストップさせたひよっこ女性記者と、教育できていない所属会社の罪は重い」なんて論調で、セクハラ自体を「そんな程度のこと」と全否定した挙げ句「今後、女性記者を相手にする『重要な人物』は、オフレコ発言を公開されるのを恐れてオンレコでしか話をしてくれなくなる。これは女性記者全体の問題だ」とまで言い出し、オイコラちょっと待てーい！と、私は目の前のエアちゃぶ台をひっくり返した（ガッシャーン）。

なぜハラスメントを受けた側が悪いのか？
なぜハラスメントを告発するのが女性記者に限定されているのか？
なぜハラスメントを受けるのも女性記者に限定されているのか？
なぜ「重要な人物」は男性に限定されているのか？

そして何よりも、なぜ情報を得るためにはハラスメントが「対価」であることを前提にしているのか？

パワーバランスの川上と川下

なぜこのオジサンたちはセクハラの重大さが分かっておらず、「そんなことをバラして、常識がない」とまで説教するのか。私はハッと気づいた。

そうか、加害者側に属し、その力関係に安住する人間は、被害者の反発を自分への「裏切り」だと思うんだ。そこに信頼なんか存在しないのに、「相手は何を言っても唯々諾々と聞くはず、という自分のおごり」を「信頼関係」だとゆがめて認識するんだ。

セクハラは「ハラスメント」、嫌がらせである。

パワハラ・モラハラと同じで力の差を利用して他人を傷つける。まして執拗に傷つけている時点で、（次官が訳の分からない弁明をしたように）「言葉遊び」じゃない。それはいじめが露見したときに、いじめる側が口にする自己弁護と全く同じではないか。「ただの言葉遊びなのに、そこまで深刻に受け止めるそっちが悪い。考えすぎ」。挙げ句「そんなやつだからいじめられるんだろ（あ、俺のはいじめじゃないけどね）」。どこまで人格破綻してるんだろう?

情報や権力のパワーバランスには、必ず川上と川下があり、川上にいる人間の発言は重力や流れの速さを伴って、重く鋭く川下に届く。でも川下の人間の発言は、流れに逆らって届けるしかないので、常に大きな負荷がかかっている。ところが川上の人間は、自分の発言が常にスムーズに重要性を持って相手へ届く快適さに慣れているから、それは「快適な関係」であり当たり前であり、二者間で永遠に続くべきものだと思っている。だから、川下からの反発を受けると、まず己の言動を反省したり論理的に状況を精査したりする以前に、「信頼関係の裏切りだ!」として「むしろ感情的にナイーブに傷つき」、責めたてるのだ。

自分は被害者になるわけがないという思考停止

川上と川下、権力の不均衡のメカニズムにおいて、自分が川下になるわけがないと常に信じ切っている人は、川下の様子に1ミリも想像力が働かない。

セクハラの罪深さが一向に一部のオジサンに伝わらないのはそのせいで、だからセクハラを認識できないオジサンが大量生産されて、「女たちがセクハラセクハラ言うから、そんな社会じゃもう社内恋愛なんか生まれない」などと無邪気に嘆いてみせるわけだ。なぜ恋愛の前段に「セクハラ」が必要条件だと思っているのか、あとなんで「社内」なんだ、それ以外はいいのかとか、それまでの恋愛経験も含めていろいろ疑問の多い発言だけど、本音レベルでこう思っているコミュニケーションスキルの貧しい男性は実に多い。つまり、恋愛関係や性的な関係に踏み出すために、セクハラめいた言動以外の表現方法を知らないので、自己正当化したいのだろうなぁと思う。

パワーバランスのあるところに、ハラスメントは起きる。つまり、ハラスメントに注意すべきはパワーバランスの生じている場面なのだ。そして何が問題って、そのパワーバランスに乗じてセクシャルな関係を持ち込もうとするのが一番の問題なのだ。

情報源たる「重要な人物」と「記者」の間には、情報と権力の明らかなパワーバランスが生じている。記者の側から見れば業務。情報の対価を求められるのであれば、食事なりあるいは別の情報なりで接待し、そういう信頼関係を結ぶ。それこそあらかじめ織り込まれた「対価」だ。

そこで、川下にいる人を、男性としよう。川上の「重要な人物」は女性（十分起こり得る状況である）でも男性でもいい。ここで川上から川下へ「体触っていい？」「手縛っていい？」「浮気しよう」との執拗な会話が生じたとしよう。1年半にわたって、気に入られたらしく何かと呼びつけられては酒が入り、そんな会話でひたすら肝心な「情報」ははぐらかされ続け、聞きたくもない露骨な性的関心がダダ漏れの言葉を投げつけられ続けたとしよう。

きっと、川下の男性は当惑を通り越して「バカ言ってんじゃねえぞ」と思うはずだ。「なんだコイツ、ポストの割にしょーもない奴だな」と軽蔑するだろう。「いいかげんにしろ、コイツのキャリアに終止符を打ってやる」と、堪忍袋の緒が切れるのも分からなくもない。いや、そもそも、川下の男性に向かってこんな「体触っていい？」「手縛っていい？」「浮気しよう」なんて露骨な言葉が浴びせかけられるシチュエーション自体、一部のオジサンはイメージできないのだ。

川下の存在がひとたび「女性」であると、たやすく当たり前に日常茶飯事レベルでイメージが湧きやすく、そして実際、起きている。なんなら「それは対価だ我慢しろ、（女性）記者の仕事とはそういうものだ」「そんなことにいちいち目くじら立てるなんてナイーブ」と言い込められる。かばわれないどころか共感さえされず、「『女の武器』が使えていいよな」「なんだかんだ文句言うけど、女もうまいことやっていい目にあったくせに」なんて、見当違いの批判を受けることさえある。

でもこの当事者が男性で、会社のパワハラだったり、家庭のモラハラだったり、学校のいじめだったりしたら、男性同士で共感が集まるだろう。自分がその弱者の側に立つという可能性があれば、状況や思いに想像力を働かせることができるだろう。

思考停止とは、「自分には関係あるはずがない」という「思考の限界」でもある。そんな限界を露呈するオジサン多発のこの件、まとめて「オジサンに絶望」した女性たちは、今後もこうしたパワーバランスを悪用した卑怯《ひきょう》をひっくり返していくのだろうと思うのだ。同様に、女性もパワーバランスの卑怯に決して安住しない、風通しのいい人間であり続けたい、よね。

介護疲れの小室哲哉を引退に追い込んだ潔癖社会の罪

天才音楽家・小室哲哉が、引退した……

90年代邦楽の代名詞でもあり、希代のヒットメーカーであった小室哲哉さんが、週刊文春による不倫疑惑スクープ（本人は明確に否定）を受けて自発的な音楽活動からの引退を表明した。突然の引退会見で本人の口から語られた、あまりに詳細で正直な「天才音楽家の現在」は、ファンもそうでない人も多くの人々が胸を震わせるような内容だった。

２００９年に著作権を巡る詐欺事件で執行猶予付き有罪判決を受けた後、２０１１年に妻ＫＥＩＫＯさんがくも膜下出血で倒れ、後遺症の残る妻の介護を続ける中での、自身の体調不良と音楽活動の苦悩。Ｃ型肝炎治療やストレスによる耳鳴り、摂食障害などの症状を抱え、治療に当たってくれる女性スタッフに心の支えを求めてしまった、と語る。

しかも「この数年、男性としての機能がないので、男女関係はありません」とまでの詳《つまび》らかな告白に、かつて中学生時代、「Get Wild」前夜だった80年代のＴＭ ＮＥＴＷＯＲＫとそのキーボーディスト小室哲哉に熱狂していた私は言葉を失った。

コックピットのような何台ものシンセサイザーに囲まれ、インカムに向かって歌い跳ね回る、繊細でシャイで色白の小柄なキーボーディスト。「ああ、小室さんはあの頃のただ純粋すぎる音楽マニアそのままで、90年代の大波に乗り、21世紀を迎え、還暦にまで流れ着いたのだ」と。

渡辺美里の「My Revolution」で作曲家としての小室哲哉を知り、彼のバンドＴＭ ＮＥＴＷＯＲＫのアルバムを1ｓｔから5ｔｈまで全曲歌えるほど通学時間に聞き込んでいた中高生時代から30年以上。むしろ90年代のＴＫは私が熱狂した小室哲哉ではなく、残念ながら私の耳は離れてしまったけれど、私はTKとなった彼が起こし、彼の周りに起こったこと――「現代のモーツァルト」的な道楽も含め――はどこか「天才のB面、才能の代償」なのだと思い、それを含めてトータルに小室哲哉という人間なのだと理解してきた。

会見で語った「罪」と「償い」

会見直後は、厳しい意見が大勢を占めた。「介護で苦しい思いをしている人は世の中にいっぱいいる。それを理由にするのは甘えだ」、そしてKEIKOさんの病状を詳細に打ち明けたことを「そこまで妻のプライバシーを披露するのはいかがなものか」など。でも、小室さんの満身創痍《そうい》の告白が心に響いた人も、同様に多かったのだ。人生の伴侶が、夫婦二人が一番大切にしていた音楽への興味と記憶を失っていく。介護生活の中で「最も身近な理解者を失った」ことを繰り返し思い知らされながら老いてゆく音楽家が、才能の枯渇への恐怖や体が衰えていく不安を前に、それでもどこまで創作を続けていけるのかと自分に尋ね続ける、孤独な闘い。

小室さんが置かれた状況を知れば知るほど、それまで断罪やバッシング一辺倒だったSNSの反応の中にも、「小室さんの身辺を調べ上げていたのなら、文春も彼の体調や創作の苦悩など、背景事情を知っていたはず。弱った人間を追い込んで、文春は満足か？」といった意見が出てきた。

また、お笑い芸人のエハラマサヒロさんは「雑誌がまた一人の天才を殺しました」と言い添えた上で「犯罪でも無いみんなが知らなくていい事晒《さら》して、みんなに最高の娯楽を生んでくれる人をストップさせてしまうのは俺は嫌」とツイート、大きな反響を呼んだ。

小室さんの会見の中で私が気になったのは、「(今回の報道は）戒めみたいなこと」「罪もあれば必ず償い、罰も受けなければいけない」「僕のかたちの償いではこれが精一杯」といった、「罰」や「償い」という意味の言葉たち。

小室さんは2009年の詐欺事件判決と、2011年のKEIKOさんのくも膜下出血を「罪」と「罰」と呼んでいるのだ。そして「僕は音楽の道から退くことが私の罰であると思いました」。今回の「罪」は「不倫疑惑報道」であり、罰は「引退」であると。

つまり週刊文春の報道や、それをきっかけに一斉に噴き出した世間のバッシングは裁判所と同じように小室哲哉に「判決を下した」わけである。SNSでは、文春に対して「自分たちがいったいどれほどの正義だというのか、そこに本当の報道の意義などあるのか」との強い疑問もまた、反動として噴き出した。

その後、週刊文春記者は民放ニュース番組で「(取材内容には)絶対の自信もある」「だが本意ではない結果になった」と弁明しつつも、報道記事を拡散した「文春砲」ツイートは「裏切りの密会劇」「美談の裏で」と十分に制裁の色濃い物言いをしており、当該ツイートには批判コメントが殺到する炎上状態となった。

日本社会を挙げての不倫制裁システム

文春記者の「本意ではない結果になった」との吐露を聞くと、では何が報道の本意だったのか、それを一番知りたいと思うのだ。「絶対の自信もある」と断言しているのは、「取材の裏が取れている」といった話なのだろうか？ では裏さえ取れていれば、その報道は「だって事実ですから」と正当化され得るのだろうか？ フリーアナウンサーの雪野智世さんは「一週刊誌の報道がこんなふうに、人の人生を変えたりとか、傷つけたりすることが、本当に報道の意義があることなのかなっていうのは、ずっと感じている」と、情報番組で語った。

ではなぜ、文春は「みんなが知らなくていいことを晒す」のだろうか。私は、それによって社会が変わるのを見たいというのが週刊文春というメディア編集部の意思だから だ、きっとある意味で純粋にジャーナリスティックな動機、ジャーナリズムの原理主義めいた思想ゆえなのだと考えるようにしていた。それが社会の巨悪ではなく、個人同士の不倫というネタであっても。

実際に、この2年間で「みんなが知るべきこと」以上に「みんなが知らなくていいこと」がたくさん晒され、世間は大いに沸き立ち、善かれ悪しかれ社会は確かに変化した。発売のたびに大きな話題になり雑誌が売れに売れていく様子を見て、ライバル誌や他のゴシップ誌も同じような路線に追従。各誌発売日前に中吊り広告やウェブサイトでヘッドラインがチラ見せされると、即座に他のメディアに報じられ、ＳＮＳで見る間に拡散されていくのはやはり不倫関連が主。そして、今度はその「反響」を報じる記事がまた量産され、読者のコメントをつけて拡散されていく。「不倫は売れる」ことが社会全体で証明された。

記事を読んだ世間（なんら関係のない人たち）が、その当事者の生殺《せいさつ》与奪《よだつ》の権を握る。生かすも殺すも世間の風向き次第。私はぼんやり考えてきた。この日本社会を挙げての「不倫発見・制裁」システムのその先には何があるんだろう。ここまで不倫が偉い人でもそうでない人でも「検挙」されるのは、その先にあるヒューマニティーの理解と寛容、社会の成熟のためなのかなぁ。「結局、不倫なんてのはよくある話で、それが人間というものなのだ。それは他人事ではなく誰もがそんな弱い人間性を自分の中にも抱え、共存していくのだ」って。

文春の最終的な意図はきっとそうなのだろう、きっといつか振り返って「僕たちはそれを狙ってたんですよ」とタネ明かしをするのだろう、そうだそうであってくれ、じゃなきゃジャーナリズムじゃない、と。

いつまでやり続けるの？　俺／私、もう嫌だ

だって、そんなに他人のことを口を極めて断罪してＳＮＳで刑を宣告できるほど、世間はみんな身ぎれいで一点の染みもなく、たたいてもホコリ一つ立たず、清廉潔白なんだろうか？　この「お前の一番弱くて醜いところを、暴いて潰して社会から抹殺してやる」っていうチクリ→袋たたき合戦は、誰得なの？　そしていつまでどこまで続くんだろう？

週刊誌以外のメディア人たち（新聞も雑誌も本もウェブもテレビもラジオも）だって、情報の発信者だと思われているが、発信するために情報を消費している立場でもある。「売れる」し「読まれる」から、ゴシップ週刊誌が特高警察のようにフィードする「発見」情報に食いついて周辺コンテンツを生産し、いつの間にか見事に「制裁」システムの片棒を担いできた。でも、みんなずっと自問自答してきたはずなのだ。「いつまでやるんだろう、これ」「俺／私、もう嫌だ」って。

国民総評論家社会が高じて、国民総裁判官状態。「～すべき」「甘えるな」と他者に厳しい言葉を投げつけるのは、自分たちもそれと同じくらいの「べき論」の中で一瞬たりとも甘えることなど許されず、重く苦しく冷たい水の中につかって、体と心の芯まで冷え切っているからではないのか。その病的な世間の当事者とは、私たち一人ひとり、全員だ。

第4章

幸せな「オタク中年女子」のすすめ

元彼、幸せ自慢……アラサー同窓会は事故多発

皆さん、例年、年初の年賀状やSNSチェックは無傷でお過ごしだろうか。

年賀状って、小さいくせに時として強大な破壊力を持っている。手のひらより一回り大きい程度、縦横148×100ミリメートル。まぁそんなに小さいというのに、なぜあんなに鋭利に深く、ざっくりと私たちの心を引き裂いていくのだろう。昔の同級生や、他社へ転職した同期などが年賀状やSNSで知らせてくる「結婚しました」「産まれました」の文字に、そう簡単に立ち直れないほどのダメージを受けたことはないだろうか。

これ、例えばなじみのセレクトショップの女子店長だとか、いつものネイリストさんだとか、取引先の誰かが「○○さん、私こんど結婚するんですー」なんて報告してくるのとはレベルが違うのだ。「同級生」「同期」だからなのだ。あの頃、同じ場所、同じ空

気、同じ出来事、同じ気持ちを共有していた仲間だからなのだ……。

同窓会が一番怖いワケ

その仲間が自分よりも先に踏み出し、自分はとり残された。幸せそうに微笑むかつての同級生や同期の写真（私自身もそうだったが、わりとイタい写真多し）が発する光に目を潰されそうになりながら、そんなショックがずっしりと重くのしかかるのである。新春なのに。

あの頃はみんな同じ、横一列のポジションだった――。

それが、お互いの成長（と加齢）を経て、人生はもはや横一列などではなくバラバラ、しかもそれは平面ではなく立体で、上下まであることを如実に知らされるのが、同窓会という恐ろしい審判の場所である。

「あの頃あんなに〇〇だった子が、いまこんな……」

すべてはこの一言に集約されるだろう。

「変わらないよね〜」
変わらないわけがあるかっ！　お互い10年、20年とトシ取っとんのやっ！

アラサーのお嬢さんたちはもしかしてご存じないかもしれないが、アラフォー以上が熱狂して見た海外ドラマ「アリー my love」の主要登場人物である弁護士事務所経営者、リチャード・フィッシュの数々の名言の一つに、こんなものがある。

「同窓会とは、成功した者がそうでない者たちへ、いかに彼らが成功していないかを思い知らせる場所だ」

頭が良すぎて独特の屈折した人間観を持つフィッシュだけれど、これはまさに人々が「同窓会」なるものに対して抱いている恐怖を的確に突いた言葉。そうなのだ、同窓会とは、皆が同じ過去を共有しているからこそ、現在の姿がありのままに浮き彫りになる場。所属や出世、結婚などの社会的ステイタス状況から、現在の肉体的魅力（劣化度）まで。だから怖いのだ。

元カノ、元カレという不意の落とし穴あり

同窓会は、トワイライト・ゾーンのように時空を歪め、あなたを日常から離れた場所へ連れて行くこともある。先日、それまでは忙しさを理由に出席していなかった同窓会に思い切って行ったら、うっかり元カレに会ってしまったというアラフォー女性が言った。

「同窓会自体は思いがけず楽しかったんですよ。でも、久しぶりに元カレに会ってみて、ああいまのダンナでよかった、目の前の幸せをもっと大切にしようって思いました（笑）」

なるほど、その元カレはだいぶくたびれちゃっていたのかもしれない……。このアラフォーさんはむしろいまの幸せを噛み締めたとのことで、善い哉《かな》、善い哉。でもその逆もあるのがオトナの世界で、何年、何十年ぶりの再会で、何かのトワイライトなメロドラマが始まっちゃう人たちもいる。まとめて佃煮にするほどいる。

ちなみに私の同級生は、33歳でシングルのときに、20年ぶりに小学校の同窓会に出かけて、かつてちょっと思いを寄せていたナントカ君がいい男に育って、しかもシングルであったことから、再会後半年でスピードゴールインを決めた。その彼女を密かに狙っていた、他のシングル（そういやシングルじゃないヤツもいたな）男子たちのその後の悲嘆ぶりといったら！

そういう意味では、同窓会はロマンスが始まる場として非常に有効。シングルなら（非シングルでも本人がＯＫなら自己責任のもとでどうぞお好きに）使わないテはない！

「結婚はいいよ～」の負傷から身を守る毒消しの薬草とは

しかし同窓会とは、アラサーにとっては特に、ライフスタイルの違いが出始めるがゆえの事故多発地帯である。出世自慢を聞かされて劣等感を刻みつけられ、結婚・出産した他者の幸せを〝あてられ〟、「なんか、この場にいるのがつらい……」とテンションがダダ下がりする。

周囲の人々の、そんな斜線のかかった表情などまるで見えていないのが、結婚・出産の高揚感で無双状態となった既婚者たち。「結婚はいいもんだ」「子供っていいわよ」を暴力的に連発した挙げ句に、未婚者に向かって「いい人はいないの？」と殴りかかり、子供のいない人に向かっては「まだなの？」「早く作らないと！」と斬りつけ、周りは負傷者続出、血まみれの地獄絵図だ。

「同窓会での負傷」、仲間だと思っていたようなかつての同級生に突然斬りつけられるのだから、確かにキツいものだ。中には、機嫌よく酔った既婚者に「付き合っている人がいないなら、そこの○○君と付き合えよ」としつこく強要され、同窓会の場で泣かされた人もいると聞いた。同窓会残酷物語ですよ、もはや。だから、同窓会とはもともと大怪我をする可能性がそこらへんに潜んでいる場だと、ある程度の覚悟はして行きたい。

代わりに、RPGじゃないが「薬草」「毒消しのポーション」をポケットに潜ませて。その毒消しの薬草とは、「すべてはネタだ」と思う冷静な人間観察の視線である。「同窓会なんかで」「かつての同級生なんかに」マウンティングかけてくるヤツなんて、本当のところ、たいして実績も自信もない、取るに足らぬヤツなのだ。

仕事だか結婚だか出産だか、それが唯一と言ってもいいほど「いまのオレ（アタシ）、イケてるわ～」と思いすがれるアイデンティティなのだ。本当に満たされている人間は、パーティーの場で無差別マウンティングなんか仕掛けるヒマもつもりもない。

だから、マウンティング通り魔を見かけたら、むしろワクワクしよう。「ネタ」として、ちょっと斬りつけられてみてもいいかもしれない。「この人、どんだけコンプレックス強いんだろうｗ」と、その人の闇を観察しよう。同窓会を20倍楽しむ秘訣である。

アゲる女は同窓会を制す

元カレ・元カノの落とし穴だとか、マウンティング通り魔だとか、まあどれだけ「ネタだよ」と言ってみたところで、やっぱり同窓会って、時に人生変えちゃうものだ。同窓会に行く前には覚悟が必要で、行ったあとは気持ちの処理が必要で。……ここで発想の転換である。そこまで大きな気持ちの変化をもたらす同窓会とやら、アタクシたち、怖がらずにむしろもっと活用してやりませんこと？　先述したフィッシュの哲学通り、同窓会はどこか「自分の位置を確認できてしまう場」としての性格も根強く持っている。もちろん純粋に懐かしい仲間との再会を楽しむ場なんですよ、本来は。

でも女子だけの会であるにせよ、その場に男子もいるにせよ、自分のこれまでの道のりを「突きつけられ」「思い知る」場である——。社会人ならなおさら、意識するだろう。だから同窓会こそ、いまの自分自身を正直に映す場なのだと認識し、モヤモヤしたり悩んでいたり、いまひとつ打開できない状況にいたりするときほど、嘘をつかない鏡を見に行くようなつもり、はなっからショック療法を受けに行くようなつもりで出かけてみるといいのでは。

「あの頃あんなに○○だった子が、いまこんな……」は、アラサーやアラフォーにもなれば、お互い様。仮に元カレ・元カノに会って心を乱されても、セルフコントロールできる自分の成長を感じるかも。百歩譲ってどうにもセルフコントロールできないほどなら、そりゃよっぽどの出会いなんだから、いっそロマンスに身を投げちゃえよ。人生短いんだからさぁ！

そんなわけで、最近同窓会に行っていないあなた。その扉を開けると、どんな「自己啓発」や「自分への投資」よりもずっと効果的に効率的に、いまの自分を変えられるかもよ？

職場という空間に「女の涙」が断じて許されない理由

新入社員が職場にいる姿というのは、本人たちはもちろん、周囲もハラハラザワザワとするものだ。

というのも、よくあるオジサンの「なんだ今年の新人は！　俺たちが若い頃はなぁ」との典型的な「いまの若い者は」批判とは別に、先輩女性たちはかつて自分たちも社会人となって新しい海へ漕ぎ出したときの戸惑いや葛藤を思い出して、共感いっぱいに「あの子たち、大丈夫かしら」と若い新人たちを見守ってしまうからなのだ。

女性社員が職場で流す涙はそんなに「タブー」なのか

ある女性は「新人時代、男性ばかりの職場で悔し泣きをしたことがある」と振り返る。「すると、そのときから周囲の男性の態度が激変。私には『めんどくさいやつ』のレッテルが貼られて、当たりが強くなりました」(40代女性)

また、別の女性もこう話す。「頼りにしていた上司が異動でいなくなることが分かり、報告を受けた際にショックと寂しさでボロボロと涙が出てしまい、周囲も引いていました。その上司が男性だったこともあり、あとで反省しましたが、あのときは心から涙が湧き出ていて止められなかったんです」(30代女性)

こんな女性もいた。「叱責ばかりされている職場で、『会社で泣いちゃいけない!』と、涙をこらえるために輪ゴムを腕に巻き、泣きそうになるたび、ぱちんぱちんとはじいて痛みで涙を飛ばしていました」(30代女性)

「仕事で悔しくて」流した涙に、「めんどくさいやつ」という評価がつく。寂しさで思わず涙をこぼすと、周囲が引く。部下が叱責ばかりされるような、つまりは上司がマネジメントに失敗している職場にもかかわらず、「会社で泣いちゃいけない」という無茶な空気が蔓延する。その結果が輪ゴムで涙をこらえるという、それこそ涙ぐましいエピソードである。

職場での「女の涙」には、どこか「だから女は」とか、「ずるい」などの感想がつきもので、タブー視されている部分も大きいようだ。でも、女性が自然な感情の発露として思わず流してしまう涙は、そんなにいけないものなのだろうか？

ひとたび職場を離れれば、私たち女性は友人や家族との語らいの中で、あるいはドラマや映画のセリフの一つ、人物の表情、本や漫画の中の1行に心を動かされて、とても自然に泣く。それは「ずるい」涙でも「だから女は」とバカにされるようなものでもない。感動、うれしい、寂しい、悔しい、悲しい、怒り……心の動きが涙という形でとっさに溢れ姿を現す、極めて当たり前で豊かな感情表現だ。

なのになぜ、職場にだけは「女の涙」があってはいけないと思われているのだろうか。

……それは、日本の「職場」という空間に存在を許されている感情の種類が、とある理由で非常に限定的だからなのだ。

職場という空間に涙が許されない哀しい理由

女性が涙を流す姿を職場で見せてしまうと、男性の側から、「女ってすぐビジネスの場で感情的になるよなー。泣かれたら、こっちが論理的に話してるのを無理やり崩されて、結局譲歩させられるじゃん？　卑怯だよなー女って」という解釈や感想がささやかれることがある。

そういう男性の感想を聞かされて育つうち、やがて女性の中でも同じ女性に対して「あの子って、すぐ涙で言い訳したり、自分の意思を通そうとしたりするよね」との批判が生まれるようになった。

確かに、相手が男性でも女性でも事あるごとに泣きじゃくって、コトを鎮めようとしたり、相手に１００％の非を押しつけたりする人、いわゆる「涙を武器にする」人も、中にはいる。ただ、同じ女性なら涙の種類は見れば分かる。まして流す自分自身こそよく分かっている。それこそ「ズルい」と言われてしかるべき打算的な武器としての涙などではない、自然な感情がとっさにもたらした涙までをも、私たちは「いけない涙」だと思って、職場で懸命に隠しているのだ。

不思議なことである。女性が、自分たちの涙をひとまとめにして「それはズルくてひきょうなものだから、見せちゃいけない」と信じるようになったのだ。そして、そうやって悩むのは往々にして「打算的でズルい涙」など流さない女性ばかり。その結果、「泣いてはいけないと思って泣くのを我慢しすぎて、うまく泣けなくなった」「どういうときには泣いてもいいのか、分からなくなった」と戸惑いを告白する、優秀な女性がたくさん出現するようになった。優秀ゆえ「男性の感想・価値観」に適応した結果である。

つまり、これまで男性によって構築された組織の中に女性が「進出」していた社会では、女性は男性化し、男性のゲームルールを守ることで居場所をもらっていたのだ。

男性にも「男の子は泣いちゃダメ」という抑圧が

そういえば、なぜ男性は泣かないものとされているのだろう？

そんなワケはない、男だって泣く。小さい男の子を見ていると、本当によく泣く。だって悲しいときや痛いとき、怒ったとき、感情が高ぶると涙が出るのは人間なら当たり前だからだ。でも、「男の子なんだから泣いちゃダメよ」とか「泣くな、男だろう！」って誰かに言い聞かせられ、「なんで、『男だから』泣いちゃダメなの？」という疑問を持つ余地なく、大人の言うことをちゃんと聞いて、必死に涙をこらえて育ってきた真面目な男性に限って、こう信じるに至る。

「感情をコントロールできないやつは、ダメなやつだ」「論理的に物事を考えられる人間のほうが、上等だ」「感情は論理に劣る」――。

ところが、そういう典型的な男性軸の価値観で見落とされていることが一つある。それは、男性社会では「涙」への（むしろヒステリックなほどの）強い拒否感があるにもかかわらず、「怒り」を割と暴力的に表出させることに対しては、驚くほどハードルが低いということ。

日本では、子育ての上であまり「ジェンダーによる選択的な感情の抑圧」が語られることはないが、特に児童や青年の精神医学や心理セラピーが発達している欧州や北米では、子育ての文脈で「女の子だから」「男の子だから」と、振る舞いや服装だけでなく「特定の感情活動」を大人が抑制したり助長させたりすることの危険性が、広く認識・共有されている。

例えば小さな女の子が砂場で他の子供に自分のバケツを無断で取られ、思わず怒って大声で「返してよ！」と叫び、力ずくでもぎ取ったとき、周りの大人は眉をひそめてこう思いがちだ。「あの子、『女の子なのに』性格キツくて激しいのねぇ。怖いわ」。一方、もしその女の子がバケツを取られた瞬間なすすべもなくシクシク泣いたなら「かわいそう」とされ、「○○ちゃん、おとなしい性格よね」と、そちらは案外容易に受容されるのだ。

ところが、これが小さな男の子だったとき。男の子が「返せよ！」と大声でバケツを取り返したら「あらー、男の子がケンカしてるわー」と、それは大人からとりなされる程度で、日常の1シーンとして受容されやすいものだったりする。一方、なすすべもなく泣こうものなら「○○くん、気が弱いわよね」と言われ、親は「『男の子なのに』こんなに気が弱くて、将来大丈夫でしょうか」と猛烈に心配するわけだ。

男子は「泣く」、女子は「怒る」を抑圧されがち

つまり、実は子育ての上で、男子に対しては「泣く」こと、女子に対しては「怒る」ことが、ジェンダー選択的に抑圧されがちである。このことを社会が理解・認識しているか、そして自戒的であるかどうか、そこが社会のジェンダー意識があぶり出される部分だ。

日本では、子供を育てる文脈で、しつけや教育には関心がとても高いように感じるけれど、そのような「感情をバランス良く育てる」という意識は薄いように思う。その結

果なのだろうか、「泣くことを禁じられた（強くて無感動な）男」と「怒ることを禁じられた（素直で従順な）女」が「正解」として、かつての日本社会にたくさんいた。いまもその名残があるようだ。

電車が遅延して、駅員さんに異様な剣幕で怒りをぶつけているオジサンや、理不尽な暴力を受けるなどしたのに失語してただ泣くばかりの女性を見ると、「ああ、この人たちは全身で悲鳴を上げているのだ」と、感情を長い間抑圧されて自己制御を失った彼らを思い、私はそれこそ泣かんばかりの怒りと悲しみを感じる。

職場で、泣いたっていい

私は、「人間の居場所」である限り、感情は否定せずにある程度解放したほうがいいと考える。

家庭でも学校でも、日常のさまざまな場面でさまざまな感情が許されているのに、職場だけが特別視されているのは、それが「神聖」な「戦場」か何かだからなの？　えっ、職場って神聖なんですか？ 戦場なんですか？ 何ですか、その時代錯誤な価値観、おかしくないですか？ 日々の糧を得るためや自分の人生を楽しく生きるための、「人間的に生産的に生き生きと仕事をする場所」じゃないんですか？

生き生きと仕事をするには、感情を死なせていたらダメだ。「怒り」や「嘲笑」のようなギスギスした感情は許すくせに、職場から柔らかくて豊かな感情を排除し、色のない冷たくて硬い箱のままにしておく古い価値観は、もうオワコンである。

男性も女性も、本当は「泣いてもいい」と誰かに言ってもらいたいのではないかと思う。そして泣くのは自然な感情なのだから、周囲も「笑う」「怒る」、なんなら「くしゃみする」と同じレベルで大ごとに捉えなくていい。自然に「スルー」するくらいのいいバランスで済ませる程度が、自然な感情をお互いに許すということなんだよね。

私たち女友達は1周、2周回るたびに「分かり合える」

「この人は、自分と違う立場の人間がいるってことを本当にわからないんだな」――。

作家・角田光代さんの直木賞受賞作品、『対岸の彼女』。その中盤で、育てづらい子供を保育園に預けて「お掃除おばさん」として働き始めたばかりの主婦の小夜子が、とある過去を持った同い年、同じ大学出身の独身女社長である雇用主・葵《あおい》の「ねえ、このあと温泉に泊まっていかない?」と誘ってみせる自由な言動に触れて、心の中でつぶやいた言葉だ。

小夜子　「楢橋さん（筆者注：葵）も家庭を持てばわかると思うけど、やっぱり前もって決めておかないといろいろ面倒なことになっちゃうのよね」

葵「そうだね。気安く誘って悪かったわ。私は待っている人もいない気軽な身だから、もう少し遊んでく」

（『対岸の彼女』角田光代著より抜粋）

新事業の前祝いとして一緒に行った、熱海の日暮れ。「既婚子持ち主婦」と「独り身の女性零細企業経営者」の間に流れる川がお互いの気持ちを冷え込ませ、二人はそれぞれの「対岸」へ静かに引き返してしまうのだ。

あなたがいる「岸」は、誰のどんな「対岸」ですか

この作品が発表され、直木賞を獲得した２００５年当時。私はとてもじゃないが、角田光代さんのこの小説をちゃんと読むどころか、表紙さえ直視することができなかった。早くに結婚し、「既婚子持ち兼業主婦」として限られた時間でライター業をしていたその頃の私はまさに「小夜子」であり、一方都心のオフィスでバリバリと仕事をしてきれい

な服を着ておしゃれな街で恋をして、所帯臭さなどみじんもないキャリアウーマンの同級生たちは、まさに私とは別の世界、つまり「対岸」の住人たちだった。

　同じ年齢で、同じ学校を出て、同じ女同士なのに、等しく与えられた24時間の使い方が全く違う。一日24時間の間に最も長く滞在する場所も、いつ起きていつ寝るかの活動時間も、日常的に目にする風景も、人間関係も、お金の使いどころも（もしかして出どころも）、どこで何を食べているかも、何が「自分へのご褒美」かも、何も一致しない、かつての同級生たち。

　それほどに何も共通点のない女同士には、共通の意見だって、話題だって探しづらいものだ。時折思い出したようにメールがやってきて、家族のスケジュールと顔色を見ながら5回に1回程度の頻度でやっと参加するプチ同窓会では、お互い気遣いながら、だけど私だけが「既婚子持ち主婦」という状態が長く続き、私はもう永遠に彼女たちと同じ側に立つことはないのだとさえ思っていた。もう、「人種が違う」「世界が違う」のだと。私は「子持ちの主婦なんか」に「なってしまったのだから」と。「対岸の彼女」というタイトルが刺さって抜けないほどに、私には図星だった。だからその表紙を見るのさえ、感情がざわついて嫌だった。

でもあれから15年ほどたったいまなら思う。あの頃、私が対岸の彼女たちを羨んで孤独に立ち尽くしていた岸辺も誰かにとっては「対岸」であり、私もまた誰かにとっての「対岸の彼女」だったのだ、と。

女同士「あの頃」にどうやって戻るのか

30代に入って、二度と同じ岸に立つことなんて想像できなかった、あの彼女たちが続々と私の岸辺へやってくるのを、私は驚いて眺めていた。

仕事を辞めたり辞めなかったりはそれぞれだけれど、夫婦関係や家族関係に悩んだり、子供が生まれたら生まれたで体力も気力も削がれて家にこもりっきりになったり、でも子供が可愛くて赤ちゃんグッズだウェアだ、教育がああだこうだと一生懸命に育てている。限られた時間の中でおしゃれをして、人間関係を作って、またそんなママ友関係に悩んだりしながらもランチだなんだと出掛けて行動半径を広げていく。

なんだ同じだったんじゃん、やっぱり私たち同級生だったんじゃん。

そうこうするうちに、今度は私の子供たちがどんどん大きくなり、40代になった私は家族のために拘束されることが少なくなって、ぽっかりと時間を持て余すようになった。一人で夕食を取るなんて状況になること自体が10年ぶりくらいに感じられ、自宅で夕食をたった一人分作り、ポツンと座ってご飯を口に運びながら、静けさに耐えかねてテレビのニュース番組をつけた。それまでは子育てのポリシーとやらで、かたくなに「わが家は夕食のときにテレビはつけません！」なんて言っていたのに。

一人でご飯を食べるのも寂しいなぁと思い、同級生たちに声をかけた。「ねえ、もう私、家族が巣立っちゃって一人でご飯食べててさ。誰か一緒にご飯食べてくれない？」。そうして集まった、今度は残り少ない独身やDINKSの同級生たちとこじゃれた夜のビストロへ行き、牡蠣とシャンパンを流し込みながら、私は「女同士は、1周回ってまた同じテーブルに着くことができるんだ」とこっそり感動していた。

なぁんだ、結婚したりしなかったり、子供を産んだり産まなかったり、出世したり独立したり、みんないろいろ悩むしお互いガタガタ言うけれど、時間さえたてばみんな同じところへ戻ってくるんじゃないか。誰々の妻とか誰々ちゃんママとか、どこどこ会社の課長とか取締役とかの所属や肩書きなんか関係なく、同じあのときの「個人」に戻るんじゃないか。
「女は回遊する生き物だ」と、そのとき知ったのだ。

あっちの岸とこっちの岸を自由に行き来する

30代後半のワーママが笑う。

「いま、私の周りでは第3次結婚ブームなんですよ！　30代後半で、初婚もあれば二度目の結婚もある。仕事も人生もキャリアを重ねた人の結婚話が増えました。第1次は25、26歳、第2次は28、29歳くらいで、そしていま。一方で、大学卒業後にすぐ結婚して専業主婦になった友人は、離婚を経て、いまバリバリ働いて活躍中だったりして。数年もたてば、未婚だの既婚だのワーママだの経営者だの、女の状況なんてどんどん変わるものだなぁと感じます。女の人生ってきっと、1周目、2周目、3周目で見える景色が違うんでしょうね。1周している間に、それぞれにいろんな出会いや変化があって、再会したときには一回り大きくなっている。互いに相手を慮れる余裕も出てくるんだろうな、と」

きっとこの調子でいけば40代後半くらいに女友達でまたワイワイ集まるのかな、と懐かしそうに、少し嬉しそうにぽつりとつぶやく彼女に、私は心の中で「あなたも対岸の誰かを寂しい切ない思いで見ていたことがあるんですね」と声を掛けた。

そうなのだ、もう40も越えるとそんなケースだらけですっかりスレてしまったが、いまの世の中、結婚って人生に一度っきりなんかじゃないし、全っ然（笑）！

独身側の人が川を渡って既婚側に来ることもあれば、一度「奥さん」「お母さん」になった人が独身の岸辺に戻るなんていうのも本当に多くて、あの頃の私が超シリアスにエモーショナルに「もう永遠に同じ岸に立つことはないんだわ」なんて絶望して涙してたのがアホらしくなるくらい、女があっちの岸とこっちの岸を自由に行き来する、いい時代になったんだなと思う。

本当にねぇ、再婚や再々婚で「幸せで〜す！」なんて宣言する同級生のピカピカに輝いた表情をSNSの写真で見たりすると、「よかったねぇ、幸せになってよ」とのエールを全身に込めて送りたくなる。だって女は回遊し、自分が置かれた状況に適応してその水の中で生きることができる、強い生き物だから。

小説『対岸の彼女』の中で、独身女社長の葵は小夜子の辞職に傷つきつつ、こんな希望も持っていた。

「小夜子とは年齢と出身校以外、立場もものの見方も、持っているものもいないものも何もかも違った。……（中略）……けれど自分たちは、おんなじ丘をあがっているような気がしてならなかった。……（中略）……いつか同じ丘の上で、着いた着いたと手を合わせ笑い合うような、そんな気が漠然とした」

（『対岸の彼女』角田光代著より引用）

そしてラスト、小夜子の側も葵の元を訪ねて「再就職」するのだが、そのとき小夜子の目の前には、ある景色が浮かぶ。夏草が生い茂る川沿いの道、川向こうを笑い転げながら歩く制服姿の葵と、高校生の小夜子がお互いに気づき、二人を繋ぐ橋に駆け寄っていく。

「対岸の彼女」たちはそれぞれ自分から歩み寄り、橋の上で出会うのだ。

「専業主婦か、働くか」論争の「忘れ物」

私たちには、専業主婦か、働くかの二択しかないのだろうか？

専業主婦経験のある女性たちがビジネスの現場で大きな活躍を遂げている昨今、もう「専業主婦 or NOT」の二項対立で女性が人生を考えたり、お互い反目するような時代は過ぎたのではないか。

かつて専業主婦として「こんなのは私じゃない」と自分自身を認めることができずに苦悩した私だけれど、どの時代も現在の自分にとっては必然だったと思えるようになった。

ママ友関係に疲弊し憎悪していた専業主婦時代も、コマ給で黒板の前に立ちっ放し、しゃべりずくめで働いていた塾講師時代も、フリーランスとして自分の裁量で仕事をする現在も、いまの私を形作っている。専業主婦の私も、働いている私も、表裏一体の私自身なのだ。どちらを軽視・否定することも、本質は「もう一人の自分に唾を吐くこと」

だと、私は思っている。

「あなた、働いたことがないの？　一度も？　信じられない」

学生結婚・出産をして就職せずに「新卒お母さん」になった私には、全く無収入の専業主婦時代も、いわゆる「扶養範囲を超えずに収入を得る」主婦時代もあり、扶養を出たり入ったりしてきた。だから、「専業主婦」と聞いただけで途端に牙をむくキャリアウーマンの言葉に、専業主婦としてひどく傷ついたこともある。

上の子供がまだ1歳半、私自身が24歳だっただろうか。私はそこそこ勉強をしていたつもりの大学を卒業して、でも大学院に進学しなかったのは、ひとえに私に研究と子育てを両立する自信と経済力がなかったからだった。夫は新卒で企業に勤め始めたばかり。収入も働いた経験もないくせに子供だけはいる私が、そのタイミングで合格通知をもらっていたアメリカの大学院になど行けるわけも、その資格もなく（と自分で思い込み）、しばらくは専業主婦として小さな子供と平日ワンオペ育児を続けながら、代わりに1990年代後半当時、流行っていた「米国公認会計士」資格を取得することにした。

東京の一等地にあるそのスクールには、会計士や投資銀行、コンサルタントへのキャリアアップを目指すビジネスパーソンだけでなく、一度就職した会社をなんらかの理由で退職した人や、当時日系金融業界で吹き荒れていたリストラに遭った人もいた。それだけホットな場所でもあり、皆とても意欲的で、中には自分を追い込んでいる人もいたのだろう。受験日が数カ月後に迫ったある日の授業の休憩時間、隣に座った30そこそこの女性に試験に関して小さな質問をしたらとても邪険に扱われ、「どこに勤めてるんですか？」と直球で聞かれた。

「子供が小さいので専業主婦です。大学卒業後、就職できなくて」と正直に答えたときの、彼女の表情と声音を忘れたことはない。

「あなた、働いたことがないの？　一度も？　信じられない」

そのまま彼女はプイと顔を背け、二度と会話をすることはなかった。

一度も働いたことのない、子育てしかしたことのない専業主婦って、「真剣に働いている」キャリアウーマンから、そんなに忌み嫌われるものなのか。そんなに話もしたくないほど、価値のないものなのか。
　もちろん私の事情をつまびらかに話したわけではないから、彼女自身が個人的に持つ「働いたことのない専業主婦」へのイメージや強い感情が噴き出したのだと思うけれど、私はそこで、専業主婦としての自分自身のコンプレックスをそれはそれは深ーく掘り込むことになる。

　社会から価値のない存在として扱われることは、誰であれ、ひどくつらいものだ。だから専業主婦をひとくくりにして「寄生虫」とまで罵倒するようなＳＮＳの激しい論調を見ると、その当人が女性であれ男性であれ、思慮のなさと、むしろ必死さだけが強く印象づけられる。そして思う。「そこまで専業主婦を憎むのには、この人の中にきっと何かがあるのだろう」と。

女たちが専業主婦を恐れない社会もある

思い込みの強い私は、その一件以来「専業主婦でいてはいけない」との焦燥感だけに駆られるのだが、情けないことに試験には落ち、すがる思いで予備校と学習塾の講師となって、ようやく自己肯定感的に一息つくのだった。

ちょうど子育てがとても面白かったこともあり、教育や子育ての分野を専門としたライター業も始め、その後講師業を辞めてライター業一本に絞ったのは、第二子を出産することになったからだった。ライター業で雑誌やテレビ・ラジオなどのさまざまなメディアに出していただくようにもなって活動範囲が拡大しかけていたとき、また私に「扶養内専業主婦」の時代がやってくる。

それは、上の子供の中学受験と下の子供の幼稚園受験が重なり、さらにその半年後、夫の海外赴任に帯同して欧州へと渡ることになったためだった。でも結婚から12年たっていろいろな女性の生き方を見聞きし、自分の人生を自分でハンドルする自信もつき始めていた私は、積極的な選択として扶養内主婦を選んだように思う。

まず渡ったスイスの生活は、初めてのことばかり。世界各国から国際機関に送り込まれた金融政策エリートの妻たちが、日中は子供をインターナショナルスクールへ通わせ、自分たちはその国際機関が持っているスポーツクラブに集い、スポーツと美食と社交に花を咲かせる。スイスでは、その家族は外交官待遇だ。

何かの拍子にたまたまそんなきらびやかな世界へ送り込まれてしまった、一介のサラリーマン家庭であるわが家。その様子を面白おかしく原稿にして月に1~2本日本へ送る、細々とした執筆生活をする以外、専業主婦として生活していた私は、インターナショナルスクールの日本人代表を務める。行事の準備やら、学校のお手伝いやら、読書会や講演会やら、他の各国代表のお母さんたちと毎日「プチ国連」状態で過ごしていた。

労働流動性が高く、女性活躍が当たり前の社会ではこうも違うのか

そんな中で、彼女たちの生き方にも触れた。それぞれの母国からいわゆる「エクスパット」として外国住まいをしている彼女たちは、もともとは大変な高学歴の研究者だったり、医療従事者だったり、金融キャリアウーマンだったり、作家だったりする。その彼女たちが「子育てと向き合いたいから」「子育ても大事な仕事と考えているから」「いまは家族と外国暮らしを楽しむ」と決めて、専業母親業を請け負い、インターナショナルスクールへの子供の送り迎えをせっせとしているのだった。

「いまは」

それは、労働の流動性が高い社会から来た女性たちならではとも思った。いま、専業主婦だからといって、一生専業主婦なわけではない。本国に帰ったら、子育ての手が離れたら、あるいは自分が働くと決めたら、またいつでも自由に戻れる。いや、自分の意

思として、戻る。どういうかたちでも、働く場を見つけてみせる。
女性が働くのが当たり前の社会では、自由に「働くモード」と「働かないモード」を物理的にも精神的にも行き来できるのだ。だから彼女たちは、専業主婦であることは一時的な選択であるとして、恐れないのだ。

その頃日本では、一度専業主婦になったら、一生専業主婦なのだろうと皆がまだ信じている時代だった。一度仕事を辞めて専業主婦になった女性ができることといえば「せいぜいパート勤め」で、「家計の助け」という観念から、男も女も自由になれていなかった。

女性が働くとはすなわち企業や組織に勤めてお給料をもらうことだ（そしてそれ以外は格好がつかない）という、発想の乏しい時代には、働く女性の姿にバリエーションがなかった。でも、女が働いて対価を得る方法なんて、企業に吸い上げられる以外にもたくさんあったことに、いま、日本はようやく気づいたように思う。
パートタイムで医師をする、起業する、お店を開く、ソムリエ資格やピラティス講師資格を取って勤める、自分で学習塾やピアノ教室を開く、ネイルサロンを開く、作家になる、子供の学校のパートタイム教師になる。これらはすべて私の周りの実例だけれど、自分の能力と使える時間次第で、ワークスタイルは、本当はいくらでもデザインできる。

「私、働かなかった日は一日もありませんよ?」

日経WOMANオンラインの「専業主婦からのキャリア」特集の記事の一つに、このような読者からの声があった。

共働きでも専業主婦でも、どちらの選択をしても尊重されるようになればいいのにと思います。専業主婦が多かった時代は共働きが珍しい生き方であるかのように扱われ、今は共働きが当たり前の時代に変わり、私の友人の専業主婦は専業主婦でいることに後ろめたさを感じると言います。また女性だけでなく、もっと男性が専業主夫になってもいいのではないかと思います。窮屈な環境を変えたいです。（41歳、建設、経理、既婚、会社員・一般職）

「いまは共働きが当たり前の社会だから、両立しなきゃ」というのも、それはそれで周りの空気に押された発想で、窮屈だ。専業主婦に本当になりたい人が肩身の狭い思いをするのもおかしな話。

「専業主婦 or NOT」論争の「忘れ物」とは、専業主婦も働く女性も、どちらも同じ一人の女性の、人生のフェイズに応じて見せる姿にすぎないのだという見地ではないか。それに夫婦がどういった割合で収入を得ているかのバランスこそ違えど、専業主婦であっても子育てや家事や介護に必ずなんらかの責任を負って「働いている」ことには間違いがなく、そこに敬意が払われず、まるで存在が無価値のように言われるのも、おかしな話だ。

いまの私なら、かつて投げられた「あなた、働いたことがないの？　一度も？　信じられない」の言葉に、こう言い返そう。

「企業には勤めていなかっただけで、家庭人として、職業人として、いずれにしても『働かなかった』日は一日もありませんよ？」

「ソロ活」できる人は「コミュ障」ではなく「コミュ強」だ

ただいま、女たちはソロ活真っ最中なのである

日経WOMANオンラインで人気だった、女が一人で楽しむ「ソロ活」特集。同特集の読者アンケートで、一人時間を楽しめる人はなんと9割以上。誰かと連れ立ってではなく、一人の時間を楽しむために出掛けるソロ映画やソロ観劇に始まり、ソロランチ、ソロディナー、ソロジムやソロカラオケ、ソロフェス、ソロ旅にソロキャンプなど、かつては「おひとりさま」なんて呼ばれてなぜか若干の寂しさをにおわされた「ひとり〇〇」が、いまやソロという粋《いき》で軽妙な名前を得て、百花繚乱《りょうらん》だ。

特集記事の中には、「戸惑いと至福の『ソロ』アフタヌーンティー＆ＢＢＱ」なる体験記もあり、会話のない一人アフタヌーンティーとワイワイしない一人バーベキューの臨場感あるルポに笑いをかみ殺し切れず、つい「ぐふ」と、口にしたそば焼酎のお湯割りを吹きそうになるのだった。

そう、それを読む私も、出張先の地方都市の小ぎれいなおそば屋さんで、帰りの新幹線の時間までまさにソロ晩酌中のソロ酔い中。店内には、これから東京へ帰る前にちょっとリラックスして腹ごしらえという風情のサラリーマンや、私のようなソロ女性の姿も。みんなそれぞれに自分の時間をゆったりと楽しんでいる。

若い頃から基本的に酒飲みの私は、ソロ飯、ソロ飲み、ソロ映画、ソロジムくらいなら日常茶飯事。だって、連れの趣味と合わせる必要がなくて、自分の好みだけを追求できるから、チョー気楽ではないか。連れがいたり、集団で参加したりする「〇〇会」は、それはそれで別の楽しみ方をするものだから、ソロ活は別腹。

ソロ活は同行者の意向や意見を気にする必要がないので趣味全開、高々と掲げた「ワタシ基準」アンテナ感度ＭＡＸで、「ワタシ眼鏡」のガチ観察モードオン、情報や心身の栄養を「ワタシモーター&フィルター」オンリーでグイグイ吸い込んでいるイメージ。なんなら、その場で見聞きしたことを面白おかしくスマホにメモして、ついSNS投稿の準備をしちゃうダサさも含めて「ワタシ活（ソロ活）」。そんな私にとってはソロ活も取材活動の一環みたいなもの。

そこでふと、思ったのだ。そういえば一人の時間を楽しめるのは「女一人＝寂しい」「女一人＝普通じゃない」と決めつける世の中ではなくなったからだよね、と。

女の居場所が増えた、バンザイ！

例えばいま、女性の出張者の姿が当たり前のようにターミナル駅や空港にある風景は、きっと40年前には考えられなかったこと。それは出張に出掛けるような職種に女性の存在が少なく、そんな権限や役目を持つ女性、そんな場所に登用される女性が少なかったからだ。

だから当時の普通の女性が一人で「出現してもいい」「出現してもおかしくない」場所

というのは、家庭の中やせいぜいご近所、頑張って都会のデパートくらいなものだった。

しかも、女性は早くに結婚するのが「当たり前」とされた時代には、成人女性は配偶者や子供と一緒の「妻・母」であるべきと世間が信じているので、女性が一人でどこかにふらりと現れるのは、なおさら難しい状況にあった。まして飲み屋に一人で出掛けようものなら……！　完全に「ワケあり」なんて意味不明で失礼千万な視線にさらされ、好奇心たっぷりの声が群がってくるわけだ。一人で酒も飲めないなんて、不自由極まりない話！

女性の「社会進出」という言い方に、「『進出』って何ですか、もともと女は社会にフツーにいたんですけど？」と違和感を覚えることのできる現代の私たちだけれど、居場所を限定されていた時代の女性にとっては、自分たちが姿を現す（現しても大丈夫な）場所が広がっていくのは、まさに「進出」と表現するのが最適だったのだろう。そういう時代があったのだ。

だから、ソロ活オッケーの時代というのは、女性がやっと他人の視線や他人の評価から自由になったということなのだと思う。「女はすぐ群れる」といわれた時代は、逆に女はみんな同じように群れていないと変わり者だと思われるような、そんな変な圧力が女性の外側からも内側からもあったような気がする。ホント、個性って何ソレおいしいの的な、退屈な時代だよね〜。

いま20代前半の女子たちは、肩に力なんか1グラムも入らずに、ソロ「鳥貴族」、ソロ回転寿司、ソロカラオケに出掛けている。「特別なことをしてる意識はないんですけど？」「他人が何を思っても自由なように、私が何をして楽しんでいても、私の自由じゃない？」と、強がりでなくフツーに素直に思える女たちの時代に、万歳だ。

カップル主義のアメリカでも「ソロ活」の流れ

そういえば、先日読んだアメリカのオピニオン記事に異変を感じた。「ハーバード卒業30周年同窓会で、人生について学んだこと」と題されたその記事には、１９８８年に大学を卒業した筆者が同窓会の出席者たちの様子から感じた、さまざまな人生の教訓がユーモラスに、時折じんわりと書かれていた。

その中で、結婚について「30周年同窓会より以前に配偶者を得ていた人々のほとんど全員が、配偶者を連れてきていなかった」と記されていて、私には「あの頑固なカップル主義で、何かと公のパーティーには夫婦や彼氏彼女と出席するのが当たり前で、それがステータスだと思われているアメリカで！」と新鮮な驚きがあった。

大学卒業後30年ともなれば、50代前半。その頃になると、さすがの米国男性も女性も、もう「カップルとか、おなかいっぱいだし」と思う境地に至るのだろうか。10代の頃からパーティー（卒業ダンスパーティーのプロムなどは代表格）に一人で参加するのは恥と考えるくらい大きな「カップルプレッシャー」のあるアメリカのエリート層が、まさに本来の意味の「ソロ」でパーティーに出席するわけだ。

私はそのエピソードを読んで、「ああ、日本でも海外でも、男女がようやく『関係性の中に自分たちの価値を見いだす価値観』から自由になるってことなんだな」と思った。関係性の中に自分の価値があると思う、とは、「結婚していることや付き合っていることに男／女としての価値を確かめる」「何かの場に所属させてもらっていることに人としての価値を感じる」という意味である。

一人にも集団にもなれるポジション

本当の意味で自立した個人であるということは、自分の中で完結し、充足しているということなのかもしれない。その最たるものは、もしかして「ソロ・ウエディング」なのかも。「ソロ・ウエディング」とは、「一度はウエディングドレスを着てみたい」という女性のためにドレス選びから写真撮影までをサポートするサービスだけれど、相手の存在がなきゃ成立しないはずだった「ウエディング」さえも一人で敢行するのだから、その自立度の高さ、満足度の追求ぶりたるや！

ただ、私の周りにたくさんいる、ソロ活上手な女たちを見ていて思うのは、彼女たちはすごく社交的で、自分の居場所がたくさんあるということだ。20代でも50代でも、ソロのときもあれば、複数で活動するときもある。大きな集団や組織の中で動くこともある。その時のテーマやＴＰＯに応じて、実際のコミュニケーションでもＳＮＳでも他者に働きかけ、誘いかけ、コミュ障どころか、むしろコミュ強。情報感度もすごく高いから、好奇心が旺盛で、アクティブだ。

一人にも集団にもなれる彼女たちは、やはり根本的な部分で自分に自信があると感じさせる。一人の時間は、まさに自分育ての時間。「ひとり」を極めるだけで、人生はもっと充実し、自信が生まれ、自立したオトナの女になれるのかもしれない。さて、私は次はソロ焼肉で、一人いぶされてみようかなぁ。

退屈は人生の毒だ 幸せな「オタク中年女子」のすすめ

人生100年時代、私たちどういう「オバサン」になればいいの？

「人生100年時代」がやってきたと言われ、静かな衝撃が広がり始めたのはこの2、3年のこと。理屈では100歳まで生きることがあり得るとはわかっていても、あらためて自分の人生が本当に100年になることを想像すると、そこには期待よりも不安の方を感じる……というのが、私たちの素直な感想ではないだろうか。

近代までは寿命なんて数十年、有名な政治家や芸術家だって60代まで生きれば長生きだったものが、いまや日本の60代は「ちょいワルオヤジ」や「アデージョ」のほんのちょっと先として、まだまだ元気いっぱい。医療技術の発達によって、出産可能年齢も理論上は上がり、女性の生き方の選択肢も大いに増えた。

男性も女性も、どのようにでも生きられるぶん、どう生きようか迷うこともできるようになった。孔子は「四十にして惑わず」と言ったものだが、いまや惑っている40代なんてたくさんいる。人生100年時代とは、成熟「からの」人生も長くなったけれど、成熟「までの」間も長くなったように思うのは、私の気のせいだろうか。

昔は40代と聞けば即オバサンだと思ったものですが（失礼！）、いま40代をオバサンと呼んだら、正直、多くの40代はいい気持ちはしないだろう（笑）。30代の皆さんが「私、いつになったら落ち着くのかな」と漠然とした不安を抱くのと同じように、年齢的には落ち着いているはずの「オバサン」当事者たちだって、「えっ、私たち『オバサン』なの？　まだ……違うよね？」と顔を見合わせつつ、では自分たちがどういう姿であればいいのか、迷っているのである。

そこで出てきたのが「40代女子」という斬新な組み合わせの言葉だ。さらに時が進み（つまり彼女たちが年を重ね）、「50代女子」「60代女子」まであわや出現というところで、おそらく自主規制で大きく広まることはなく落ち着いたのが現状なのだと思う。

私は、自分自身が40代に突入して「年齢的オバサン」となり、精神的にも「もはや自分はオバサンカテゴリである」ことを受け入れた頃から、なるほど、オバサンになることはそんなに怖くないとようやく理解した。むしろ、オバサンとしていかによく生きるかのほうが大事だと。そして、同世代や上の世代のオバサンたちを見回し、垂直方向にも水平方向にもオバサンリサーチをしてみて思った。

「ああ、成熟とはとてもカッコいいものだ。年齢を重ねて『自分が何者か』を分かっている女たちは、他人が何を言おうと揺るがない。でもその境地に到達するために、誰しも一度は揺らいだりジタバタしたりを経験するものなんだなあ」

オタクになりたい！のになれない……

私が下から見上げていたオバサンたちは、やがてそれぞれに趣味の世界にハマって、豊かに安らいでいった。「自分が何者か」を知り、受け入れていったのだと思う。女の成熟に、趣味は不可分なのではないか。それがお花であれ、韓流ドラマであれアイドルであれ、(たまたま幸福にも? 趣味と一致するのなら)仕事であれ。私は、たとえ「中年のくせにモラトリアム」とそしられても、そうやって趣味を暮らしの中に据えて生きる、「オタク女子」を心の隅に飼ったオバサンに憧れているのだ……が。

一つ、大きな問題がある。私の目下《もっか》の悩みは、これから猛然と毅然とオバサン道をまい進しようと鼻息荒いいま、何か強烈に自分を満たしてくれるサブカル的趣味を探しているのに、どれにも没頭できず浅い興味で終わってしまうことなのだ。

お笑いも落語も好きだけど通い詰めるほどではなく、美術・歌舞伎・ミュージカル・演劇も同様、バンドも洋邦まあまあ、ジャニーズ……もそんなに興味ないけど目の保養にはいいよね、ヅカ(宝塚)も積極的じゃないけど誰かが連れて行ってくれるなら見に行ってもいいかな。野球? うーん、サッカー? テレビで十分、フィギュアスケート、はソチ五輪まで。ゲームはしない人生、漫画・小説も今は話題作をさらっとだけ。映画は好きだけど、ミニシアターを巡ったりはしないし、無名イケメン俳優を次々青田買いする目も情熱もない。お酒もグルメも旅も好きだけどほどほど、車も家電もデジタルガジェットもまあまあ便利でデザインが良ければ満足しちゃって――。

ああ、「一芸」とか「自己発信」が何より大事だと言われているこのＳＮＳ時代に、私はなんて集中力がなくてつまらない人間なんだ……。大人になってどうせちまちま浪費してばかりなのだから、何かにハマって貢いで「充実感を買う」心の準備ならバッチリ。なのに「コアなところまで深掘りしない／できない」。オタクになりたいのになれない、これは深刻。

退屈は人生の毒だ

だからもう一度言うが、そんな私自身は、たとえモラトリアムだのオタクだのと呼ばれても、そうやって趣味を暮らしのど真ん中に据えて生きる大人女子に憧れ、羨ましくて仕方がない。

好きなことに一生懸命になって、そのことさえ考えていれば幸せで、それを燃料に浮世の小事など乗り越えていける。どんなに仕事が渋滞を起こし、人間関係が発酵していても、例えば残業の合間にアイドルなどの動画をこっそり見て、趣味用に複数持っている匿名の裏アカでファン同士がやり取りする最新の情報を追っていると、ああ今日も一日充実していた、「生きている」と、ひしひし実感できる。

他人から見たらどう映るにせよ、そういう充実した趣味生活を楽しんでいる人に、私は憧れる。だって、そういう人たちはきっと退屈しないから。退屈は毒だ。大人になってもまだ他人と比べ合ったり、他人に干渉したり、あれこれクドクドと愚痴って腐るのは、内面にぽっかりと空洞があって人生に退屈している人の症状だ。退屈せず、加齢が成熟と同義となり、趣味の虎の穴に、より奥深く入って自己の内面を充実させていくオタク中年女子に、私はもはや尊敬の念を感じている。

そんな矢先、精神科医の熊代亨さんによる『「若者」をやめて、「大人」を始める「成熟困難時代」をどう生きるか？』（イースト・プレス）という本を読んで、私は小さく悲鳴を上げた。

「『若者』をやめて『大人』を始める」に小さく悲鳴を上げる

「選択肢が多様に広がったからこそ、生き方が定まらない。気が付いたらもう〝いい歳〟。立派な『大人』になれた実感、ありますか？『成熟のロールモデル』が見えなくなった現代において、『若者』を卒業し『大人』を実践するとはどういうことか？」

（帯文より引用）

熊代さんは書く。

「『何者にもなっていない』まま歳を取ると、『何者にもなれなかった中年』というかたちでアイデンティティが固まってしまいます」

そして耳が痛いのは、

「高学歴、かつ大都市圏で勤める人は『大人』を始める時期がどうしても遅れます。就職する時期が遅く、就職したとしても、キャリアアップを意識すると仕事もなかなか落ち着かず、人生の選択肢が果てしないように見えては、その方向性は簡単には決まりません。結婚も遅れやすく、したとしても、離婚率は地方より高めなので、アイデンティティの構成要素としてはちょっと弱めです」

現代では、就職も、結婚さえも「アイデンティティのゴール」にはなり得ないということ。現代の都会人のライフスタイルは、「いつまでも若く」を目指し成熟を拒否・否定してしまっていたのではないか、とも熊代さんは指摘する。でもその結果が「何者にもなれなかった中年」の大量生産だ。

「『自分探し』の季節も、『若者』の季節も、終わりがあればこそ愛おしいのであって、いつまでも続く『自分探し』というのも、エンドレスな夏休み同様、呪わしいものように思われます」

ただ、救いはある。

「趣味や課外活動もアイデンティティの構成要素になる」
「揺るがない自分が生まれると、足下が固まるがオジサンオバサンにもなる」

何者にもなれないままオジサンオバサンに「なる」のは、「醜悪な加齢」かもしれないが、趣味や課外活動を通じて自己の内面を知り、自分が何者であるかを確立した上でオジサンオバサンを「引き受ける」のは理想的な「成熟」なのだと感じた。そして、「自分が何者であるか」を模索する過程で平凡と折り合いをつけるのも、一般人である私たちの成熟には必要な作業なのではないか。

退屈したつまらない人間にならないために、人は何かにハマっていていい。一見平凡そうに見えて、内面は超絶充実して日々エキサイティングな成熟した「オタク中年女子」、ご一緒にいかがだろう？

（※このコラム掲載後、幸運な私は暗闇バイクに出会ってしまい、以降どハマりすることになる……。いえー。）

第5章

女の道もいろいろだ

「そりゃ過労死するわ」日本人の自縄自縛

そんなに「お客様は神様」か？

「日本はどこに行っても、過剰サービスだなぁ……」。かつて欧州に住んでいた頃、一時帰国するといつもそんな感想を持っていた。すでに、欧州から日本へ向かう道中から「日本のスペシャルなサービス」は始まっている。日系のエアラインでCAさんにものすごく丁寧に扱っていただくと、恐縮のあまり「ありがとうございます」「恐れ入ります」と、こちらが慇懃なくらいお礼の言葉を連発してしまう。

おしぼり一つとってもそうだ。たとえビジネスクラスでも、欧州内のエアラインでは男女ともにガタイのいいベテランCAからトングで投げつけられるのが当たり前の光景（誇張）。しかしJのつく日系エアラインでは常に笑顔で美しいCAさんが両手を添えて渡してくれるので、こちらも慌てて両手でお受けする。その瞬間、いつも思っていた。「日本人よ、これが当たり前だと思っちゃいけない」。おしぼりレベルからそんな感じなので、12時間のフライトを終えるとすっかり「サービスの受け疲れ」を起こし、良いサービスを受けることに麻痺し、無口になっていた。それが帰国の洗礼でもあった。

これは他の外資系エアラインだが、日本への帰国便で一度、ビジネスクラスの前の方から大きな声が聞こえてきたことがあった。年配のビジネスマンが、予約時に指定しておいたはずの和食ミール（機内食）が確保されていなかったと烈火のごとくお怒りになっていたのだ。ひざまずいて謝り、事情を説明するCAさんに向かって、「あんたが謝ったって（ミールが）出てくるわけじゃないんだから意味はないんだよ。日本に帰る日本人にこそ和食を確保するべきだろう！　味のわからない外国人乗客に和食なんか出してどうするんだ！」と、怒りのあまりか偏見極まりない言葉をぶちまける。とりあえず和食がすごく食べたかったんだねぇ、というのはわかった。でも「怒りに任せて威圧したり侮辱したり、あの見苦しい怒りようには、果たして合理性があるだろうか？」と疑問を持った。

「そんなにお客様は神様か？　ゴネてきれいな女性ＣＡに八つ当たり。しかも問題は機内食の種類（笑）。どうせ会社のチケットで、自分のお金で乗ってないのに……」。日本人が、世界一甘やかされた〝お客様は神様〟感覚から脱するにはどうしたらいいのだろう？

「価格はサービス込みになっている」とたたき込まれた欧州生活

笑わないドイツ系スイス人が多い、あるスイスの街に住んでいた頃。街なかの店で笑顔を見せてくれる店員は貴重だった。ＥＵと歩みを共にしないことに決めたスイスでは移民の受け入れも厳しく、私のように駐在家族としてそこに住む有色人種は目立った。東洋人の私が会計のときに何か軽口でもたたこうものなら、「お前はいま何か言ったか」くらいの冷静さで応対されるのが常だ。その代わり、サービスは効率的でほぼ間違いがない。彼らの「サービス精神」のあり方は、武骨で決して豪華ではないけれど正確に定時運行される鉄道や、清潔に維持された街並み、徹底的に分別を求められる割には収集日が週1回や月1回しかないゴミ出しに表れていたように思う。

一方、隣国のフランスでは笑ってくれるし、お釣りを渡しながらの会話も弾むが、会計やオーダーのミスが多くて、品質管理にも雑な印象があった。その分、快く返品交換にも応じてくれはするものの、度重なると「やっぱりチェーン店や安い店はだめだな……」と感じるようになる。すると、より効率的で間違いのないサービスを求めて、価格は高くても確実な店へ行くようになり、価格はサービス込みだということをしっかり認識させられるのがフランスだった。

フランスはスイスと対照的で、鉄道は平気で2カ月ストをするし、街にゴミは散らかり放題だし、社会のあちこちに移民も多い。ちょっといい店も入っている郊外のショッピングモールでさえ、トイレの便座は軒並み盗まれたままになっていた。

日本ではまず見かけないが、大陸欧州ではホームセンターなどでトイレの便座だけを売っている。模様替え感覚なのか、あるいは頻繁に割れるとかで、なぜか顕著にフランスではトイレの便座が盗みの対象になるのだが、「どうせまた盗まれるから」と便座のない公衆トイレも多かった。それもまた一つの「サービス」のあり方である。

スイス・フランス・ドイツ・イタリアなど、大陸欧州の旧カトリック国は基本的に日曜の安息日には働くべきではないとしているため、特にスイスなどではどんな大きな街でも日曜の街は息を潜めて静まり返る。消費活動に関わるサービスが完全にストップするのだ。そういう感覚に慣れると、一時帰国した日本で、そこかしこにある24時間毎日営業のコンビニを見るたびに「トゥーマッチ」「まさに日本のガラパゴス進化」「24時間営業の過剰サービスを先に供給することによって、国民にその需要ができて異常進化を続けてしまった末路」「そりゃKaroshi（過労死）するわ」などと思うのだった。

英国のロンドンに移ってから、大手スーパーの24時間コンビニ業態の店が普通にあるのを見て「もう街全体が眠る日曜日はないんだ。日曜に備えて週末の食料を買い込まなくていいんだ」とホッとしたのは否定しない。でも、やはりそういった労働は主に移民や、低所得層の英国人によって担われており、英国では失業率や賃金の問題が常に社会問題となっていたことも事実だ。

本来、「人」の手で提供されるサービスは有料

「人」によって提供されるサービスは有料である。有料だから、サービスの善し悪しに値段がつく。でも日本では、例えば国外の感覚なら最もシンプルなサービスしか期待できないだろうコンビニでさえ、日本人の感覚では当然にこやかで迅速なサービスが提供される。

どこに行っても礼儀正しく空気を読んで気遣いができて効率的にお釣りを渡せるのが、「基本」として期待される日本人のサービス。その価格はいかほどか？　その価値は、いつのまにか日本人社会自体から買いたたかれていないか？

日本の過重労働の温床とは「過剰なサービス社会」そのものだという認識は、海外生活を経験したことのある人には比較的共有されており、どこかで日本はドライになって

いいし、なるべきなのにという思いを持つ人も多い。海外メディアでＫａｒｏｓｈｉ（過労死）という言葉につく"Death attributed to overwork"(働きすぎに起因する死）との注釈には、「働きすぎが原因で死んじゃうんだぜ？　なんでそこまで働くの？　信じらんねーだろ？」といったニュアンスが含まれる。

アメリカン・エキスプレス・インターナショナルによる「世界9市場で聞く顧客サービスについての意識調査」（２０１７年）を見ると、各国のサービス観の違いが浮き彫りになっている。「一度でもひどい顧客サービスを受けたら直ちに別の会社に替える」と答えた日本人は56%。他の8カ国が20%から30%台を示す中で、一国だけダントツに高い。しかも、一般的な企業の顧客サービスは期待度に対してどれくらいかとの問いに、日本は〝9市場中で群を抜いて低い結果〟（同調査より）を示した。日本人のお客様は海外から見ればすでに「やりすぎ」の感さえある現行の国内サービスに対してさえも、まだご不満でいらっしゃるのだ。

さらにさらに、〝顧客サービス担当者に求める態度として……（中略）……総じて効率が重視される結果となる中、日本だけは「礼儀正しい」（28%）が最も重要視されている〟(同調査より)。「サービス効率や迅速な対応よりも礼儀正しさの方が大事」って、なんだか日本だけベクトルが特異じゃない？

それならその分、日本のお客様は独自の確固たるサービス選択眼やサービスの何たるかへの信条を持っているのかと思いきや、新規購入を決定する際の決め手の基準は、日本市場では1位「企業の評判」(35％)、2位「オンライン・ソーシャルメディアの口コミ」(20％)と、過半数の基準が「社会や第三者の評価」だ。日本人の大好きな同調圧力、再びである。

こういう同質社会における他者への期待値は、そのまま他者から本人への期待に跳ね返る。他人に対して「俺に滅私奉公的な良いサービスをするのが当たり前」と期待するのは、すなわちそれだけのサービスや価値を自分もまた誰かに提供することに同意署名しているわけで、それゆえの自縄自縛的な過重労働社会が一丁あがりなわけだ。

冒頭の、フライト中に和食がなくて怒り出した年配のサラリーマンは、ひょっとしたら過労で疲れ果てて、「俺がこんなに疲れてすり減っているのに、ＣＡが俺を軽んじてバカにしていやがる！」みたいな被害妄想もあったのかもしれない。まったく、滅私奉公なんてするもんじゃない。

日本人は自分たちの価値や命をこれ以上安くしないためにも、サービスとは本来高くつくべきものであることを知り、まず他人が自分にしてくれるサービスには、きちんと適正な価格を払うことから始めよう。働き方改革には、日本人の道徳観にたたき込まれた「無償の奉仕」的マゾヒスティックなサービス精神にメスを入れ、資本主義原理をようやく適用するという側面もあるのだ。

寵愛でのし上がる「パパの忠実な娘」の結末

2017年春のヒロインは稲田朋美氏？

２０１７年前半、私たちの視界からフレームアウトせず、あらゆる話題の陰に必ず存在がちらつく閣僚がいた。稲田朋美防衛相（当時）だ。

教育勅語だ、カゴイケだソンタクだ日本会議だと、オモシロキャラとネタ揃いの森友劇場が派手に幕を開け、怒涛の連日大入り満員興業を続けた２０１７年春。そこへトランプ大統領が米中会談の間隙を縫ってシリアにトマホーク59発をドヤ顔で放ったもんで、世間には「すわ、次は米国の北朝鮮攻撃だ、極東危機だ」と緊張感が走った。朝のニュース番組で、「若くて綺麗な番組アシスタント」ポジションの女子アナが、眉間に皺寄せて〝専守防衛の是非〟なんて言葉を口にするくらい、「防衛（ｏｒ安保）」と私も含む「女子供」の距離が再び縮まった局面だった。

実績を伴わない「パパの忠実な娘」が増えている

で、その頃テレビ番組に呼ばれて発言したりして、「リベラルＢＢＡ帰れ（↑ＢＢＡはいいが私をリベラルだなんて呼んだら、本物のリベラル派が怒るぞ）」なんてネットのコメントを頂戴するような経験をしながら、「帰れ」なんて言われず世間でウケている女性を見て、感じたのだ。「保守女子、増えたなぁ」と。わりとインテリ（※すごくインテリではない）でそれなりに不自由なく育ち、親に大きく反発せず、表立ってグレず、たぶん変な男を追っかけたりして親元から逃げたこともなく、要は「ちょっと力のある保守的なパパに可愛がられて育った、お勉強もそこそこできて、パパの教えに忠実な娘」。

保守女子は見た目もそこそこ小綺麗に育ったわりに、対となる高学歴で海外慣れしたようなリベラル女子にしばしば見られる「私は優秀よ！」的な強気なアグレッシブさ（立憲民主党〈当時は民進党〉の蓮舫氏のイメージ）がないので世間ウケが良い。拭いがたくドメスティック（国産）で、「手の届くナントカ」な印象。つまりその生き方は、日本的世間の多くの場面で承認されやすく生きづらくないゆえに、屈折や葛藤が生まれにくい。「パパとママ、そして夫や男性上司の言いつけをちゃんと守るいい子」っぽい、そんな保守女子政治家の代表格が小泉チルドレンから安倍総理秘蔵っ子の道を通り、「自民党純正品」として「育成」された稲田朋美氏ではないかと思っている。

自民党の女性政治家は、チルドレンやガールズが多すぎる

政治ジャーナリストの鈴木哲夫氏の評によれば、「自民党の女性議員はぶりっ子ばかり」（ダイヤモンド・オンライン「アグレッシブ女性議員の力で民進党は一大野党になれるか」）。

表舞台に立つ自民党の女性議員には、2世議員はもちろん、小泉チルドレン出身や、女

性票を狙って擁立されたいわゆる「刺客」候補出身など、そもそも政治家となる経緯自体が父親の地盤継承や、男性権力者の目に留まり引き上げられてそこにいる女性人材が多い。本人の実績やキャリア以前に、どうしても「強いバック」があるという印象が大きいのだ。

誰か権力者に可愛がられて引き上げられる、というのは多かれ少なかれ男性政治家でも女性政治家でも同じ構図ではあるのだが、女性議員の場合は時代が育成を急いだこともあって、男性議員と違って「実績がそれほど問われることなく偉くなれてしまう」パターンが多いことに特徴があった。つまり、「偉くなる」根拠が実績ではなく、シンプルに「年長の男ウケ」じゃん、と有権者の目には映ったのだ。

網タイツ姿のゆるいセクシーメガネっ娘路線

「誰?」……。2012年、稲田氏が第2次安倍内閣で規制改革担当大臣として初閣僚入りしたとき、そう思った人は少なくなかっただろう。それまで大きな政治的軋轢やミスを起こさず、悪目立ちせず、着実に保守軸で足場を固めてきた、弁護士出身で教育県・福井県選出の女性議員、当時3期目。女性活躍という言葉を口にするようになった安倍内閣は、改造のたびに女性閣僚の数を取り沙汰される時流にもあったため、小渕優子氏や森まさこ氏、高市早苗氏など他にもっと派手でメディア映えする女性閣僚もいる中で、無難にワンオブゼムとして認識されていたように思う。地元の産業を応援ということで、福井産ブランドの網タイツに伊達メガネのゆるいセクシーメガネっ娘コスプレの印象の方が強いくらいだった。

しかしながら安倍晋三氏の秘蔵っ子としてその後の政務調査会長時代を経た稲田氏が、2016年第3次安倍第2次改造内閣で「防衛大臣」として返り咲いたときは安倍政権の人事センスに唸った。あのゆるいメガネっ娘キャラで保守で手堅い弁護士出身者が「防衛」とは、特定の保守男性層にとってはドンピシャ、間違いなく大歓迎される選択と思えたからだ。実際、ネットの一角では「朋美たん」扱いで、御年58歳（当時）にしてなお可愛いカワイイと愛でられていた。おじいちゃんばかりの自民党なら、58歳女性議員なんて若いコ扱いである。

ここで、私の政治的な立ち位置や防衛問題の是非を一旦棚上げして考えたい。女性が防衛大臣を務めるのは、畑の場所と土質からして、そりゃ難しいに決まっている。でもうまくいけば、内閣としては国内に向けてこれ以上ない軍事・防衛分野のイメージアップ戦略となり、対外的には日本の防衛政策のソフトさやクリーンさ、バランス感覚を印象づけるアピールにもなる。シンプルに「女性政治家の政治人生」だけを考えるなら、女性閣僚として防衛大臣を務め上げるキャリアがもたらす尊敬と信頼感は、特に海外から見たときに「莫大」だ。以前ロイターのインタビューで、稲田氏は「政治家になった以上、内閣総理大臣を目指さない政治家はいない」と話し、野心をのぞかせたことがあった。防衛大臣（当時）稲田朋美は、そのとき非常に大事な舞台にいたことになる。

〝大奥〟的寵愛を受けてのし上がる女性人材の落とし穴

彼女は、それまで「強い」「優れた」「出世・活躍する」などという言葉でイメージされてきたような女性たちと違って、男性と「言葉で殴り合う」ということをしない。殴り合わない。なぜって、保守男性と親和性の高いイデオロギー畑で意見を同じくし、大きく逆らうことなく生きてきたからである。それこそが「パパの忠実な娘」であるということだ。

この「パパの忠実な娘」は、実のところ男性権力者に可愛がられて（見込まれて）の上がる女性には非常に多い、むしろ王道とさえ言ってもいい女性像だったりする。フランス大統領選に敗れた極右政党・国民戦線2世党首のマリーヌ・ル・ペンが代表格だが、父親の財産や路線を継承したり、あるいは父親ではないにせよ年長の男性に見込まれて取り立ててもらうことで出世し、権力を手にしたりしていく。そう、これまで歴史的にも女の出世は「誰かの〝寵愛〟」とセットになっていることが多かったのだ。

この手の女性の弱点は、パトロンありきの存在なので「自分以外の女と連帯しにくい」点にある。ある世代より上では、こういう大奥型の女性こそが出世する女性人材の王道だったので、女同士で牽制する結果となり、社会で出世・活躍する女性の母数が増えなかったという一面は、確実に存在する。

いみじくも、男女共同参画社会基本法や女性の登用数を問答無用で一定数に引き上げる「クオータ制」の議論に関して、稲田氏は「おいおい気は確かなの?と問いたくなる」「女性の割合を上げるために能力が劣っていても登用するなどというのはクレージー以外の何ものでもない」と発言しており、職場に女性の多い風景をまずとにかく確立して全体を底上げし、女性みんなで勝つ、という発想の持ち主ではないことを表明した。

政治家・稲田朋美は、今後女性の支持がないとつらいのではないか、遅かれ早かれ退場していなくなるシニア権力者の方を向いた「甘い女」でなく、現実を向いた「辛《から》い女」となって、女たちの共感尊敬を得た政治家として生き残るべきではないか……。そんなことを思っていたら、北朝鮮による弾道ミサイル発射で極東の緊張が高まっていた2017年夏、森友関連の失策で旗色の悪いところに南スーダンPKO日報隠蔽問題が大きくなり、稲田朋美氏は防衛大臣を引責辞任した。政治的に何か大きな実績を残したわけではなく、「あれはいったい何だったのだ」という甘くも辛くもない不思議な後味を残して。パパの忠実な娘は、パパたちによって表舞台に立ち、パパたちによって舞台から降ろされたあと、もしかしてホッとしているのかもしれない。

〝親ペナルティ〟を40歳で負う覚悟はあるか

社会学に、「親ペナルティ」という言葉がある。子供を持つ夫婦と子供を持たない夫婦がそれぞれに感じる幸福度のギャップのことで、一般的に幸福度は「子供を持つことによって下がる」と言われる。

この親ペナルティは、政府の子育て支援が薄い国では最大の傾向を見せ、特にアメリカで顕著なのだという。立命館大学教授・筒井淳也氏は「日本の公的な家族支出はOECD諸国でも最低レベルであり、アメリカに近い状態にあるとしてもおかしくはない」と論じている（現代ビジネス「なぜ日本では『共働き社会』へのシフトがこんなにも進まないのか？」）。日本の「親ペナルティ」は、先進国の中でもかなり大きいと推定されるのだ。

一方で、日本では、共働き世帯が専業主婦世帯を上回ってマジョリティーとなっている。「男女共同参画白書」（平成30年版）によると、「男性雇用者（農林業を除く）と無業の妻（専業主婦）からなる世帯」が641万世帯、「雇用者（農林業を除く）の共働き世帯」が1188万世帯となっている。

日本では「共働き化」が見られるにもかかわらず、それをライフスタイルとして容易化する受け皿としての「共働き社会化」が進まないことが現代のホットな論点ではあるのだが、それは別の機会に譲ろう。

この共働き化と並行する形で進んでいるのが、晩婚・晩産傾向だ。かつては女性の高齢出産とされた35歳での出産は、いまでは珍しくもなんともない。30代や40代の不妊治療を乗り越えて、念願の子供をもうけるカップルも大勢いる。

「親ペナルティ」とは、まさに米国で共働き化が進行したにもかかわらず、政府の子育て支援の〝手薄さ〟によって最大化する、子育てのしづらさ、親としての生きづらさに起因して顕在化したものだ。まして価値観の「共働き社会化」さえ進まない日本においては、親ペナルティの重さたるや、いかほどか。いま、その親ペナルティを晩産傾向や不妊のために40代で負う人たちが少なくない。経済的、キャリア的に成熟し自立した40

代で負う親ペナルティは、20代・30代に比べて軽くなるだろうか、それとも重くなるだろうか？

保育園へ向かう坂道

私の家の前の坂道は、地域でも評判のいい、丘の上の保育園へと通じている。平日の毎朝、自営業者の私がそろそろメールチェック（やネットショッピングでの無駄遣い）でもしようかとノートパソコンを開く頃、開けた窓から小さな子供と、その子を前かごに乗せた自転車をうんうんと押して坂道を登っていく母親の会話が聞こえてくる。

「あのね、〇〇君は玉ねぎが嫌いだけど、僕は食べられるんだよ」「そうね、玉ねぎ入ってても大丈夫だもんね。じゃあ今日の夜はハンバーグにしようか。晩ごはんまで楽しみに待っててね」「うん、僕ちゃんと待ってるよ、夜のおやつのあとは先生と〇〇君とお絵描きしてる」

ああ、今日はあの男の子の調子が良くてよかったね、大きくなったなぁ、そんなふうにそっとエールを送りながら、私は名前も知らない親子を心の中で見送る。1年前、その子は母親と離れたくなくて毎朝大泣きしていた。自転車に乗せられた男の子の泣き声がだんだん近づいて、やがて坂道を登って遠ざかっていくのを、「救急車のドップラー効果みたいだなぁ（違うけど）。お母さんも男の子も、頑張れ」と思って見送っていた。

お母さんは40手前くらいで、小柄で落ち着いた人だ。いつも私がひそかに感心するほどの冷静さと、論理的ながら子供の気持ちを巧みにくみ取る会話で、男の子の情緒を安定させて平和な朝を送っている。時々、おばあちゃんや、40代と思われるお父さんが送る朝もあって、お父さんは少々不慣れなのかえらく冗舌で、なんだか説得めいている。「○○君、今日は保育園頑張ってね。先生の言うことをちゃんと聞いて、お友達と仲良くするんだよ。給食もなるべく残さないようにしようね。パパもお仕事頑張ってくるからね」と。

親力とは、持てるものを全投入した総合力だ

「保育園頑張って」というフレーズに疑問を挟む人もあるだろうが、私も昔そういう切ない日々を送っていたから心の底からよく分かる。「保育園頑張れ、頑張ってくれ」としか表現しようがないくらい、保育園に子供を送る親の心境は祈りに近いものがある。保育園への道は、子育ての中でも象徴的な場面だ。

朝泣いてぐずって道に座り込む子供に何度も声をかけ、自分の出社時間を気にしながら時計をチラチラ見て、懸命になだめ説得して、最後は親が自分と子供の大荷物を肩に無理やり掛けて、米袋より重い子供をキレ気味に抱きかかえて連れて行く。抱きかかえられる相手なら、あるいは一人ならまだいいほうだ。暴れ逃げまわるやんちゃ者だったり、しかもそれが2～3人のきょうだいだったり、登園途中で途方に暮れている親がたくさんいる。

親力なるものがあるとすれば、それは知力だけでも体力だけでもない、持てるものを全投入した総合力だ。だから痛い目をたくさん見て知恵を巡らせた親たちは、いっそ泣く暇も与えないくらいの勢いで連れて行ってしまえと、前にも後ろにも子供を乗せるカゴがついた電動自転車を「一家に1台」状態で所有して移動に大活用し、あるいは保育園近隣に肩身の狭い思いをしながらも自家用車で子供を送るのだ。

「子供を泣かせっぱなしにする親はマナー違反で無責任」だと？　「最近の親は自分のことばかり、大人の都合で子供を振り回さないであげて」だと？　「そもそも子供を産むのだって親の都合のくせに」だと？　振り回されているのも、泣きたいのも、自分のことなんか朝食どころか身なりを整えることさえままならず、ボロボロで出社して、朝から晩まで働いた後にまた子育てと家事の続きをし、「自己都合で子供をこの世に送り出した」責任を全うするのも、親のほうだ。

……なんて、もちろん思っても言わない、言えない。ぐっと言葉を飲み込む。

いままさにそういう思いをしている子育て中のお母さんお父さんに向けて、20代前半と早くからの20年間をどっぷりと子育てに費やした私は、いまはただ「頑張れ、いつか必ず手は離れる。そうしたらウソみたいに楽になるから」と念を送っている。だって、こんな不確実な世の中で確実に右肩上がりなものなんて、子供の成長くらいだから。

親になったがゆえに幸福感が損なわれる「親ペナルティ」

だから初めて親ペナルティという言葉を目にしたとき、わが意を得たりと感じた。親になるとは、生き物を育てるということだ。でもペットを飼うのとは違い、人間一人育てるということには、社会的な意味や責任がもっともっと大きい。だからライザップじゃないが、どんな親だってそれぞれの姿勢やアプローチで結果にコミットする。コミットしないわけにいかないじゃないか！

「子供に教えられる」とか、「子供の存在に支えられる」とか、「子供を育てるとは、自分を育てること」だとか、子育ては美しい話、いい話ばっかりじゃない。もちろんそれもあるし、大きい。子育てする親は自分にそう言い聞かせるものだけど、でもやっぱりそれだけじゃない。

「(自分だけではない、社会の準備不足もあって) 思い通りにならない」が「自分には責任がある」、その焦燥が〝ペナルティ〟という感じ方になっても、私は責める気持ちには全くならないし、心底共感する。この、社会的風習やら画一的な良識やら「暗黙の了解」やら同調圧力やらであれこれがんじがらめの国では、親になることで幸福感が低減することは〝当然〟実際にあると思う。みんな自己犠牲とか献身とかの「良識」が大好きだから、あまり大きな声でそう言う人はいないけれど、それが私の偽らざる感想だ。

最近、周囲の同世代、アラフォーの妊娠や出産が相次いでいる。20歳前半で子供を産んだ私は彼らのそれまでの祈りや苦悩を思い、心から祝福の言葉を送りながら、ぼんやりと「40代で幼い子供を育てる彼ら・彼女たちは、親ペナルティをどんなふうに感じるだろう」と思った。

経済力も知恵もあるから、さまざまな問題に余裕を持って対処できるのだろうか。やっとの思いで授かった子供相手なら、感謝こそすれ、どんな局面でも感情的になどならないで済むだろうか。総じて「ペナルティだなんて毛頭感じない、幸せな子育て」だろうか。意地悪ではなくて、純粋な疑問が湧いた。彼ら40代の子育ては、私の葛藤にまみれた20代の子育てよりも容易で幸せだろうか。

経済的にも精神的にも余裕はある、ただ否定しがたく体力はない。知恵も知識もある、ただ否定しがたく時間はない。42歳で子供を授かった友人は、子供が大学進学の年に定年で、子供が30歳のときに72歳だ。その頃、少子高齢化がさらに進行して幹の細った日本社会では介護や社会保障ってどんなシステムになっているんだろう。

親が高齢であることで、子育ての質が変われば子供の質も変わる。男性も女性も労働に組み込まれるのが当然視される社会は、「新しいタイプの子供を生み出すフェイズ」「新しい仕組みの社会」へと必然的に突入する。さて、それは具体的にどんな世界になるのだろう。これは、21世紀の先進国が皆その渦中にある、壮大な社会実験なのだ。

その愛はマニアックか、ロマンチックか

高校時代の恩師（25歳年上）と結婚するってアリですか

2017年、フランス大統領選挙は中道派独立候補のエマニュエル・マクロン元経済相（当時）が極右政党・国民戦線のマリーヌ・ル・ペン党首を下すという結果で終わった。その前年以来、英国のEU離脱や米国トランプ大統領の当選など、予想外の結果に大きなダメージを受けた世界のマスコミや市場は、財政の健全化など、よりグローバルな金融市場の期待に応える傾向の「良識ある」マクロンの勝利を祈るかのように過熱報道、盤石の支持をもっての大統領就任だった。

現在は「富裕層・大都市優遇」との批判とともに支持率が急降下、得意の経済政策で

結果を出せず振るわない。とはいえEU離脱で英国がガタガタし、ドイツのメルケル首相がEUでの求心力を失う中、マクロンはどうこう言われながらも現状はとりあえず安定政権である。

さて登場したばかりのときはイケメンで穏健で賢くてと、フランス国内で大人気だったマクロンだが、国外からは「なんかおかしくないか……？」と含み笑いの声が上がっていた。ファーストレディたるマクロン夫人とのツーショットを見たときに、二人の関係性がとっさに分かりづらく、拭いがたい違和感を醸し出していたのだ。一体、その違和感はどこから来るのか？　大統領就任時39歳の若さみなぎる政治家マクロン。その夫人・ブリジットは、彼より25歳年上の64歳、しかもなんとマクロンの高校の恩師なのである。

自分の身をブリジット側に置くもマクロン側に置くも、マクロン夫妻のこれを見過ごせましょうか、ねえ、皆さん。息子と母親ほどの年齢差の恋愛は成立するのか（←少なくともマクロン夫妻には成立している）、それはいったいどういう感情なのか（←少なくともマクロン夫妻はラブラブだ）、そしてそれは「マニアック」なのか、それとも「ロマンチック」なのか？

フランスの外、例えばアメリカではメディアやネットユーザーが「え……マクロン本気（マジ）なの？」とザワザワしつつ、でも翻ってトランプと夫人も24歳差だと自分たちで指摘しあい、「うーん、そうか……」と自分たちを懸命に納得させようとしているのが微笑ましかった。

性別が逆転して男性の方が年上、女性が超絶若いというケースなら、25歳差婚もそれほど珍しくはない。「ははっ、若いのが好きか〜。まあ大金持ちだし3人目の妻だし、仕方ないな〜。好きにすれば」と笑われて、もしかしたらうらやましがられて終わりのテンプレート案件である。

だがマクロンに関しては、本国フランスを除けば「あいつ、変わってるよなぁ」という扱いだ。面と向かって指摘することも笑うこともなんとなくはばかられ、わりと「マニア」だと思われていた。この違いは何なのか。

マクロンとブリジット、二人の出会いから結婚まで

英インディペンデント紙が、さんざんマクロン夫妻のカップリングをからかっていたのだが、同紙の記述を基に、二人の愛の歴史をまとめよう。

ブリジットは現在66歳、夫の25歳年上で、7人の孫を持つ女性である。かつては銀行マンと結婚しており、私立校で教師として働いていた頃、当時15歳の生徒、エマニュエル・マクロンと出会った。二人の関係は教師と生徒（40歳と15歳）、さらに同じクラスにはマクロンと同い年の娘が在籍していた。

ブリジット・バルドー風のファッションに身を包んだ彼女は、ラテン語とフランス語、そして演劇を教えていたが、神童とも呼べる優秀さを示していたマクロンからのリクエストで毎週金曜日の個人指導が始まり、「そんなもん疑いなしに、先生と生徒の関係を超えてムニャムニャなことになったに決まっている。フランス法でさえ権威ある大人が18歳未満の少年と性的な関係を結ぶのは違法と定めているというのに」（インディペンデン

ト紙、同記事より)。

一方ブリジットはパリ・マッチ誌のインタビューにこのように答えている。「少しずつ、私は彼の知性に溺れていったわ。いまだにその底を見たことがないほどよ。そして彼にのめり込んでいった。彼もね」

読んでいるこちらが恥ずかしくなってしまうくらいである。そして17歳のとき、マクロンは「あなたがどういう状態でも構わない、僕はあなたと結婚する!」と宣言したのだそうで、やがてブリジットは離婚に至り、二人はマクロン29歳、ブリジット54歳のときに結婚した。繰り返すが、ブリジットにはマクロンと同級生の娘がいる。

たとえフランスにあっても、やはりその結婚は彼らの地元でも「純粋に、スキャンダル」だったそうだが、いまとなっては出会いから25年間ずっと、二人の間に知的で強い結びつきがあること自体が「すべてを制圧し、黙らせる愛」の証なのだそうだ。はいどうも、ごちそうさま……。

フランス各誌でブリジット賛美がすごい

さて、これが日本だったらお騒がせ政治家としてイロモノ扱いされる可能性だってあるのだが、フランス国内ではマクロン夫妻は憧れの的であり、ロマンスの象徴である。男女問わず恋愛至上主義のフランス的価値観においては、大小の障害があろうともそこまで愛せる相手を見つけたことが「羨ましいほどの」運命であり、その運命の相手とさまざまな困難を乗り越えて結ばれるなんていうのは、もう「ロマンチック〜ぅ」と身悶えするほどなのだという。

道理で、マクロンが大統領選に名乗りを上げた頃から、早くもブリジットは「素敵！」と数多《あまた》の雑誌でフィーチャーされ、その日常をカメラに収められ、特に女性が読むようなゴシップ各誌で表紙を飾ってきた。そして彼女のすごいところは、60代半ばとは思えぬほどのプロポーションを維持し、しかもそこにハリウッドスターのような人工的な努力の跡が見えず、かつ「超インテリ」で態度も堂々としていて、ようやく40代男盛りのマクロンと並んで歩いたり、キスをしたりといった場面でさえも非常にメディア映えするところだ。

「あれは本当にフランス的な、〝いい女〟ですよ」と、フランス生活の長い、ある日本人女性は言う。「振る舞いからもファッションからも、自信と教養に裏打ちされた色気がにじみ出ている。エマニュエル・マクロンほどの優れた男が15歳で雷に打たれ、一生を投じて選ぶのもわかります」

我々にとってはビックリなマクロンの年の差婚だが、並み居る歴代大統領たちの愛の遍歴の前ではそれほどの驚きでもないのが、さすがのフランスクオリティと言えよう。「ミスター普通」と呼ばれるもっさりとしたオランドおじさん……もとい、オランド前大統領さえも、愛人である17歳年下の女優、ジュリー・ガイエの元へ通う姿を写真に撮られ、数日後に事実婚だった女性との関係を解消している。

歴代フランス大統領は、軒並み愛人がいた、あるいは恋愛関係が派手なことで有名だ。

フランソワ・ミッテランには愛人も隠し子もいたし、ジャック・シラクも数人の愛人がいたことをのちに認めている。いかにもモテそうな（個人的な見解である）ニコラ・サルコジなどは三度結婚しており、大統領になる前に二人目の夫人に愛想をつかされ、その後再婚したのはあの元スーパーモデルでインテリの（そしてエリック・クラプトンやミック・ジャガーやドナルド・トランプといった名だたる色男、大物達と浮名を流し続けた）カーラ・ブルーニである！

「政治家としての人格と、プライベートの人格は別」という感覚が共有されるフランス社会。「アムール（愛）こそが人生」なので、不倫だろうが離婚だろうがなんだろうが、大統領の恋愛生活をあれこれ言うのは野暮の極みなのだという。

かつての学生運動や社会運動の激しさ、いまなお続くテロへの抗議行動や、頻繁な労働ストなどを考えるに、あれほどイデオロギーのためなら断固として闘う「闘争の人々」たるフランス人が、こと恋愛となるとその拳を下げ、途端に優しく柔らかく寛容な態度を示すのも面白い。

「人間はギャップと恋に落ち、欠損を愛する」との恋愛名言があるが、マクロン夫妻の愛は、そのギャップの最たるロマンスの形。フランス国外の口さがない人々が「マニアック……」と引く25歳年齢差婚を貫く夫マクロンと妻ブリジットは、グルメ大国フランスならではの、最上級にロマンチックなグルマン（食い道楽）なのだ。

第6章

特別対談「おっさんずラブ」の魔力

なぜ私たちはドラマ「おっさんずラブ」に心酔したのか

30〜40代女性が最高にキュンとしたドラマを改めて解剖

雨のそぼ降る夜の渋谷を歩き、某老舗レコード店の最上階を目指して登っていくと、おそらく目的を同じくすると思われるアラフォー女性たちがどんどん増えていった。18時半、会社帰りというには少し早めの時間であることもあって、行列するほどでもないちょうどいい空き具合。

ちょうど私がスタッフにチケットを見せようというとき、若い男女の外国人観光客グループがスタッフと話していた。一番後ろにいたイケメンに「並んでます?」と聞くと、

「たまたま来たから見てみようかって。でも僕らチケットがないんだよね。これ何の美術展なの？」「美術展、というか、一種のすごくマニアックだけどポップなゲイカルチャーイベントというかですね……（説明が難しいな）」「そうなの!?（私の姿をまじまじと見る）」「ええまあ、一種の（モゴモゴ）」。

そんなモゴモゴをしているうちに、残念ながら当日券は売り切れですと告げられたのか、グループは去っていった。私の「ああ、私の説明下手のせいで、きっと国際的に大きな誤解を生んでしまった……」というかすかな罪悪感を残して。

でもどう説明すればよかったのだろう、これが日本女性の間で大人気を博したテレビドラマ「おっさんずラブ」（テレビ朝日系）の、はるたんや牧、部長たちおっさん同士の愛の軌跡を追った「おっさんずラブ展～君に会えてよかった。～」だなんて。

女性たちは「おっさん」たちの「ラブ」のどこに共感したのか

「おっさんずラブ」は、２０１６年末の単発ドラマ版を基に、２０１８年４月期にテレビ朝日系列で放映された土曜深夜枠の連続ドラマ。「ある日、僕は部長に告白された。」という意味深なキャッチフレーズに「主演・田中圭（はるたん、こと営業部員・春田創一役）×ヒロイン・吉田鋼太郎（営業部長・黒川武蔵役）×ライバル・林遣都（営業部員・牧凌太役）」と驚きのキャスティングで、「笑って泣ける、おっさん同士の究極のピュアラブストーリー」が全7回にわたり視聴者をとりこにした。

全体の視聴率は決して高くはなかったものの、ドラマの面白さをSNSで発信する視聴者が増えるにつれ、熱心な視聴者層「OL（おっさんずラブ）民」が発生。放送のたびに「おっさんずラブ」関連ワードがツイッターのトレンドに上がるなど、回を重ねるにつれ視聴者の熱量はムンムンと増すばかりで、第6話と最終回第7話放映時には2週連続で世界トレンド1位となった。日本のOL民のチカラ、恐るべし。

テレビ制作者の間で「2018春ドラマの台風の目」と高く評価された同作とキャストはドラマ各賞を受賞し、主演の田中圭さんの人気がこれまで以上に沸騰。各メディアでこぞってグラビア特集が組まれ、過去の写真集までもがここにきて重版されるなど、2018年売れに売れた田中圭さん。

そんな彼が演じた主人公・春田創一（はるたん）33歳は、ズボラで会社でも業績が上がらず、童顔巨乳の女の子が大好きなのにモテない不動産会社員。第1回エピソードでは春田のあまりのズボラぶりに見切りをつけた母親が家出してしまい、春田はその広い一軒家にイケメンのエリート後輩・牧凌太をルームシェアで呼び込み、器用な牧に身の回りの面倒を見てもらうという体たらく。そこに想定のはるか外側、会社の上司である渋い黒澤部長から「はるたん♡」と乙女な情熱満載の愛の告白を受けてパニックを起こしていると、今度は意を決した牧にも迫られ、おっさんたちの愛の三角関係のでき上がりドーン！　という筋なのだが……。

そんなおっさんの愛の三角関係に、なぜ30〜40代の女性たち「OL民」は入れあげたのだろう？

これは、徹底的に少女漫画なのだ

私自身は、「おっさんずラブ」をリアルタイム放映でなく、大きな話題になった後に動画配信で見た組。でも、初めはすっかり懐疑的だった。きっと「BL（ボーイズラブ）

を実写化したドラマ」なんでしょう？　きっと男同士の愛情表現がトゥーマッチで、結局女子が一番目を背けたい男の現実を見てしまって、きっとがっかりするに違いない……。

そんな「きっと」だらけの決めつけで見始めたら、第1話でぶっ飛んでしまったのだ。それは洗練された台詞回しがビシバシと弾ける超一級のコメディーだった。

キャストは軒並み抜群の演技力とルックスの持ち主ばかりで、大人が興ざめせず安心して見続けることのできるクオリティー。男性同士の恋愛うんぬん以前に、こんなに高度に洗練されたコメディーが日本のドラマにあるんだぁ、という驚きのほうが大きかったのだ。嫌味も屈折もなくて、どのキャラクターも「きっと」広い日本のどこかに実在する。会話も「その人なら、『きっと』そう言う」と思えた。

おなかに居座る頑固な脂肪を揺らす爆笑や涙腺からあふれて鼻から流れ出るほどの涙を繰り返しながら最終話まで見届けて、私は思った。間違いなく個性的な面々による、間違いなく個性的なストーリーだけれど、気になるアクや不安定さを全く感じないのは、もしかして脚本家の徳尾浩司さんが生み出す場面とセリフの徹底的な「ラブ&ポップ」ぶり、いい意味での漫画的表現に徹したことで生まれた効果なのではないか？

「私はBLは読まないからなぁー」と言っていたある40代女性は、動画配信が始まったときにあまり期待せずに第1話を見て「面白い！」とハマり、その後最終話まで一気見したという。「あれはね、BLというより漫画的だからBLに塩な（興味のない）私にも理解できて、テーマはともかく話として純粋に面白いと思ったんだよね」

また別の30代女性はやはり動画配信で見始め、その頃から私に宛てたメールの語尾に「〜だお」（ニヒルなはずの黒澤部長がはるたんに向けた文章の中でだけ見せる、乙女な表現）が頻発するようになった。「田中圭って、あんなにカッコよかったんですね！（↑それまでは視界外だった模様）。もうはるたんにキュンキュンしすぎて、部長がラブリーすぎて、今日もこれからおっさんタイム（視聴時間）ですお！」

少女漫画的で人を傷つけない、ポジティブでポップな表現に徹して、ちょっとユニークなラブを描く。すると、世間で「性的少数派」なんて呼ばれる苦悩をこれでもかと掘り込んで描いて強引に理解させよう、共感を呼ぼうとするまでもなく、ポップをゲートにして入ってきた視聴者が、キャラクターの葛藤を十分に感受して心を動かすことができるのだと感じた。

「あの時　お前が俺をシンデレラにしたんだ。」のピュア

さて、冒頭の「おっさんずラブ展～君に会えてよかった。～」に集っていたお客さん、私の次の入場時間に階段で整列して待っていたお客さんは、中高生や20代よりも明らかに私と同じ年代（40代くらい）のナイス熟女の方が多いのだった。

無言の熟女同士で「あ……そちらも？」といったふうに遠慮がちに視線を合わせ、ドラマ内のセリフ「あの時　お前が俺をシンデレラにしたんだ。」がプリントされたマフラータオルをグッズ売り場で手に入れた帰路。私は「あの時、お前が俺をシンデレラにしたんだ。」を頭の中で何度か繰り返しながら、自分の弾むような足取りに気がついた。

この「あの時　お前が俺をシンデレラにしたんだ。」は、私がドラマ全7話の中で最も印象に残っていたフレーズで、黒澤部長がはるたんに向かって一方的に恋に落ちた瞬間の心情を語ったもの。55歳の部長には既に30年間寄り添った妻がいるのに、しかも相手のはるたんが22も年下の男で職場の部下だって分かっていても、「仕方ないじゃん、恋に

落ちちゃったんだもん。なんたってはるたんに靴を履かされたあの瞬間、魔法がかかってシンデレラにされちゃったんだから！」。そんな有無を言わせぬ説得力が天から轟音とともに落ちてくるような、なんとも言えぬ突き抜けた解放感があるのだった。

男とか女とか、未婚とか既婚とか、年齢とか世間体とかどうでもいい。だって「シンデレラ」だもの。好きになっちゃった、魔法にかかっちゃったんだもの。そんな恋は「いい大人のすることじゃない」だろうか。

自分たちにまとわりつくあらゆる「現実の設定」という条件づけの中で、すっかり不自由さに慣れてしまった私たちは、「素直に」「純粋に」「設定（条件）度外視で」人を好きになることなんか、とうに忘れてしまったのではないだろうか。

現実のしがらみの中で嫌というほど「しがらんでいる」私たちに、「おっさんずラブ」がなぜ訴求したのか。それは私たちにまとわりつく設定を吹き飛ばすほどの魔法と、魔法にかかった人々のひたすらピュアな心と言葉と表情が描かれていて、私たちはまるで少女漫画を読んでいたあの少女時代のように、現実の設定から自由になってそこに浸ることができたからではないかと思う。

ドラマはＤＶＤや動画配信で現在も視聴可能。脚本家・徳尾浩司さんのシナリオ本も併せて読むと、より深い楽しみ方ができるのでオススメ。最後に一つ告白すると、ドラマにハマりすぎた私は先日、美容室で「『おっさんずラブ』の大塚寧々さん（黒澤部長の妻・蝶子役）みたいな、センスのいい『オトナの女』カットで」とオーダーしました、すみません。

特別対談「おっさんずラブ」

脚本家・徳尾浩司さん×河崎環

２０１８年、笑って泣ける、おっさん同士の究極のピュアラブストーリー「おっさんずラブ」にハマり、40女にとって命綱である睡眠を削ってでもドラマ動画をマラソン視聴し、ネット情報やシナリオ本などの関連情報を漁るに飽き足らず「おっさんずラブ」展にもいそいそ出かけた河崎。

何度もシナリオ本のページを繰りながら「あの時　お前が俺をシンデレラにしたんだ。」「……うそでしょ!?」に代表される名台詞の幸せな残響に浸っていたけれど、スルメのようにドラマを深く長く味わえば味わうほど、ある欲望がムラムラと湧き上がってくるのだった。

それは、脚本家の徳尾浩司さんと実際に会ってお話ししてみたい、ということ。

そもそも「えっ、コウジって!?」と、このドラマ脚本が男性によるものであったことにびっくり。だからこそ一層、聞きたかったのだ。男性同士の純愛もそうだけれど、それ以前に、なぜあの50歳の黒澤蝶子（主人公のはるたんへ一方的に恋に落ちた黒澤部長の妻）に降りかかった鮮やかな大転機を描けたのか。私としては、純愛の只中にある男子たちの生き生きとした姿にキュンキュンしながらも、自分と年齢の近い50歳の蝶子さんにリアリティとして共感する部分も大きかったのかもしれない。

夫である黒澤武蔵から「離婚してほしい」と持ちかけられ、しかもその理由が「職場の20歳以上も年下の〝男性〟部下と恋に落ちたから」であるという怒涛のミッドライフ・クライシス。それをなぜ、あのように優しく愛と希望のある形に着地させることができたのか――。その日、徳尾さんが暖かそうなセーターと黒いリュック姿で対談会場の部屋のドアを開けて穏やかに入ってこられた瞬間、その理由の一端がわかった気がした。

「徳尾さん、寝癖、寝癖」

結果的にそういうドラマになった

河崎　「おっさんずラブ」、日本だけでなく台湾・香港などのアジアでも盛り上がったそうですね。

徳尾　プロデューサーも監督も僕もそうですが、作っている人たちがＢＬ（ボーイズラブ）とかには詳しくない人たちで。だから視聴者が本当のところ、どういうところを面白がってくれているのか、分からない部分もありました。ネットとかで話題にしてもらったりしているのを記事で読んで、ほーっという感じ。

河崎　意外ですね。プロデューサーの貴島彩理さんが、ご自身の大学時代になぜ自分は同性と結婚できないのかとふと疑問に思った経験をお持ちで、それが着想のきっかけだとおっしゃっていた記事を読みました。放送時間も深夜帯ということもあって、ピュアな愛情に性別や属性は関係ない、という確信犯的で野心的な投げかけなのかなと思ったのですけど。

徳尾　作っているうちに、そういう方向に定まっていったというのはあるかもしれないです。男女や年の差とか関係なく、トータルな恋愛の「純粋に人を好きになること」がテーマだと確信が持てたのは、それぞれのキャラクターの恋愛模様が見えてきたとき。結果的にそういうドラマになったという印象のほうが強いです。

河崎　そうなのですね、面白い。

徳尾　ただ男同士の恋愛からスタートするのにもかかわらず、ＢＬには詳しくなくて。何に萌えるとかは分からないので、どちらかというと月９ドラマとか往年のトレンディドラマとか少女漫画とか、そういう方向の文脈を取り入れると、すごく良い化学反応になるのではないか、とは考えながら作っていました。

「全然望まれていないかたち」でテレビ業界入り？

河崎　劇団も主宰されて長いですよね。もともと大阪のご出身で慶応大学を卒業されて。でも慶応で演劇の道に行った人はすごく珍しいですよね。

徳尾　あまりいないですね。大学自体はやはり就職したり起業したり、経済に強いイメージがあって。あまり劇団とか、わざわざそんな茨の道に行く人は少ないです。

河崎　だからすごく嬉しかったです。慶応からこの道に進まれて、その世界で食べていかれているという。

徳尾　プロになれるかどうか分からないけれど、劇団でずっと話を作りたい、お芝居をしたいというのがあって。会社員時代も5年間ぐらいあったんですよ。普段は会社員やって、ちょっとドラマの仕事とかが入ってくると、会社の人も最初は理解を示してくれたのですが、有給休暇を全部使い果たしてしまって。日中にテレビ局に打ち合わせに行くのに、最初は椅子に自分のジャケットをかけて居るふうに見せかけて、途中抜けたりして。その小技が利かなくなって、あいつ何かおかしいぞという話になって、それで、もう辞めることになりました。

河崎　初めに就職されたところはテレビ局でも演劇関係でもなく？

徳尾　電話関連の会社なのですが、そこのSEでパソコン2台並べて、一つはプログラム用、もう一つでは台本書いていて。上司が後ろを通ると、プログラムは横書きなので、あれ、縦書きで日本語書いているやつがいるぞという（笑）。でもちょっと面白がってくれたというか、そんなに厳しい会社ではありませんでした。

河崎　その道からテレビに。だいぶ長くいらっしゃいますよね、テレビ業界には。

徳尾　そうですね、トータルで10年ぐらい。最初のほうはちょこちょこ仕事があったりなかったりの時期が5年間くらいあって、この5年間ぐらいで連続ドラマの仕事を割とコンスタントにいただけるようになったんです。

河崎　そもそも、脚本家になられたというのは最終的に流れ着いたという感じなんですか。それとも初めから脚本・演出で自分は演劇をやっていきたいという思いがあったんですか。

徳尾　高校時代からなんとなく、大学に入ったら劇団をやって、きちんとお客さんが集まるようになれば、劇団をしながらテレビの脚本家にもなりたいなというのは思っていて。それにはどうやら二つ道があるらしいと。脚本家になるにはコンクールで大賞を取るか、三谷幸喜さんとか宮藤官九郎さんみたいに劇団が有名になって、そこからお客さんとして見に来たプロデューサーとかに声をかけられてプロになっていくという。

河崎　三谷さんやクドカンさんの舞台やドラマを見て育った世代ですよね。

徳尾　でも僕はコンクールは向いてないような気がして、一回も応募したことはないのです。皆と作るのが好きで、大学に入って劇団を始めようと思ったのが最初。その劇団自体は特に人気があるわけでもないわけでもないという感じで。でもなんとかテレビ関係者を呼べないかと、いまの（脚本家専門）事務所のチーフマネージャーを人づてに呼んでもらって。そのチーフマネージャーは僕らの劇を見てぽかんとしていたのですが、それでもお願いして無理やり入れてもらいました。だから全然望まれていないかたちでこの世界に入っているのです。

河崎　いやいや、でもまさかこんなかたちで大きくヒットするとは、社会現象にまでなるとは。

徳尾　流行語大賞にノミネートされたときはスタッフ皆で「なぜなんだろうね、でもありがたいね」って、笑っていましたけどね（笑）。

BLに詳しい女性視聴者の温かい眼差し

河崎　2018年はドラマにLGBTの設定が多かったような気がします。「半分、青い。」での志尊淳君の役や、その前に志尊君が演じた「女子的生活」での役もそうでした、「中学聖日記」の吉田羊さんとかも。いままでそういうキャラクターをこんなに地上波で見たかなと、もちろん感覚的なものでしかないですが「一気に出てきたよね」と、編集者と話していて。何かあるのですか、この波というか、あるいはテレビ局側からの要望みたいなものが。

徳尾　いや全然なくて。テレビ朝日の若手プロデューサーを育てようという深夜企画の単発版のドラマのときに、貴島さんが自分で持っていたオリジナル企画3本くらいの中に、本当にたまたまあったものです。「おっさんずラブ」の企画を見たとき、自分もこんなのがテレビでできるのかなと思いました。やって悪いことはないだろうという感じはしたのですけど、なぜなかったのでしょうね、いままで。

河崎　全く暗さや後ろめたさがないですよね、「おっさんずラブ」って。もちろん黒澤部長も牧も葛藤していましたけど、そこに暗さがないというので、BLを読まない人、興味のない人もすんなり入れたという意見がありました。

編集女子　私は「BLを読まない人」ですが、動画を見始めたらあまりに面白くて、もう止まらない、止まらないと。

河崎　私はBLにドハマりするわけではないのだけど、漫画文化の中の一つとして、浅くたしなんでいる感じで。「おっさんずラブ」というテーマと設定だけ聞くと初めは、BL漫画でやっていることをそのまま地上波に持ってきて、でもやはりえげつない部分は描写できないので、丸めてお茶を濁しているのではないのか、形だけなぞって本当に面白いのかなと、不信感があったんです。でも見始めたら第1話でグッと持って行かれてしまって。あの黒澤部長が男子トイレで「勇気を持って一歩前進」の標識を指でねっとりとなぞる仕草とか、フリスクを圧迫感たっぷりにボリボリ食べる描写とかもう最高に面白くて、あれでハートを掴まれて一気に最後まで見切ったという感じです。

徳尾　良かった。BLを読む方読まない方、詳しい方にもいろいろな方がいるじゃないですか。そういう方にぼくが許してもらえるには、どうしたらいいかとちょっと思ったことがあって。それはやはり、ぼくはＢＬを知らない者です、知らない者なのでよろしくお願いしますという姿勢が大事なのかなと。それですごく詳しい人が見ても、ＢＬを舐めて作っているわけではなく、ちゃんと真摯にやっているなら見てあげましょう、と許してもらったのではないかと思っています。だから、ＢＬはこんなのではないですよとか、そういう批判がほとんど来ず、視聴者の方からの優しい目をすごく感じたのですよね。制作の側が「これをやったら受けるんだろう、萌えるんだろう」という態度ではなかったことが、とても良かったのではないかと思っています。

河崎　そうなのですね、分かります。だから、どちらかというとＢＬなのではなくて、たまたまＢＬ的な設定の中で笑いが生まれたギャグ漫画なのだと思いました。ものすごい贅沢な、完成されたコントを延々やってるんだなという。

徳尾　そうです。あれはギャグ漫画とか、そういう感じで見てもらえると。

田中圭さんは小学5年生みたいな人

河崎 びっくりしたのが、田中圭さんのコメディの才能。これまでのドラマの役柄では優柔不断で女を騙したりとかの色っぽいイメージがあったのですが、あんなに面白い役者さんなのだと初めて知りました。田中さんはああいう役に親和性は高かったのですか。

徳尾 たぶんそうなのですよね。あの春田というキャラは、ぼくが思うに田中圭さん本人に近くて。本人とお会いして話していても、お酒を一緒に飲んでいても、もともとコミカルな人だし、やんちゃな人だし、小学5年生みたいな人なんですよ。だけど、いままでの役はちゃんとスーツを着こなしてちょっと不倫する、色気のある上司みたいなのが多くて、それはそれで上手いのですけど、ああいうやんちゃな役というのがあまりなかったと思うので。

河崎 意外でした。

徳尾　そこはお互い、ぼくもすごく書きやすかったし、本人も原作がないので、縛りがなくてやりやすかったのではないかな。台本を渡されたら、ではこれを俺風にやればいいのねという感じで。

河崎　あのソファの上で悶えるシーンとか最高ですよね。あれがアドリブだというのをどこかで読んだときに、アドリブでこんなに自然にできるってことはご本人も近いキャラなのかなと思いました（笑）。

徳尾　そうそう、ああいうところは台本に書いてないので。うおーとか言って悶えるのを、たぶんカメラマンとか監督も放っといていているんですよ。そうしたら、テーブルがクシャクシャになるまで悶えるとか、靴下片方だけ脱げるとか、投げるとか、色々考えてやってくださるみたいで。

河崎　田中圭さんの茶目っ気がグッと引き出されたのですね。あとは、黒澤部長役の吉田鋼太郎さんの、乙女な演技。もう乙女にしか見えないじゃないですか。こんな綺麗なつぶらな瞳だったっけ、くらいの。あれもすごかったですね。

徳尾　そうですね、面白いですね。シェークスピア劇で培ったありったけの声量と技を惜しみなく「おっさん」で発揮していただいていて。ご本人も、「ここで?」と思ったと思うのですが（笑）。でもやはり田中圭さんも吉田鋼太郎さんも、お二人とも舞台ももちろんたくさんやられていますし、そのお二人がお芝居している時間というのは特に説得力があって。だから監督がカット毎に、いまのすごく面白かったですよと、スタッフも大笑いしている中で言っても、「いや、ぼくらコメディだと思ってないので（キリッ）」と返ってくるぐらいの真剣さがあるんです。その感じがすごくバランスが良いですよね。

河崎　全力ですものね。シリアスなところは本当にシリアスですし。

蝶子があのピンチを50歳という年齢で乗り越えられた理由

河崎　いままでこのドラマがいろいろな媒体で語られてきた中で、たぶん蝶子と武蔵の黒澤夫妻はノータッチではないかなと。蝶子さんは50歳、武蔵は55歳という設定になっていますけれども、私やこの本の読者世代の近い未来なのですよね。そんな蝶子に突然、離婚という災難が降ってきました。武蔵は武蔵で、ある瞬間に突然シンデレラになってしまいましたと。ああいうミッドライフ・クライシスは、いろいろな映画やドラマ、小説でも語られてきた題材だと思います。そこそこちゃんと生きてきた人たちが突然何かの落とし穴にハマって、そこでどう次の道を選んでいくか、どうジタバタするかみたいなものが見えてとても面白かったです。

徳尾　第3話の修羅場での蝶子さんのセリフにはちょっと思い入れがありますね。「卵買わなきゃ」とか、「たんって何！」とか、そういう人間がテンパったときに出てくる蝶子さんの言葉は、結構面白いなと自分でも思いながら書いていて。

河崎　蝶子さんだけを切り取ってみると、実はすごい女の人じゃないですか。それまでは友達とセレクトショップを経営している普通に素敵な奥様なのだけれども、武蔵さんの「離婚してくれ」を機に、自分の仕事をチョコキャリからちゃんとフルでやっていこうと。そして、住まいも新しい眺めの良い部屋を自分で探していこうとするわけですよね。世の中の50歳の女の人で自分の旦那からいきなり離婚を切り出されたときに、ああいうことができる人はなかなかいないですよね。

徳尾　あの辺は本当に書いていてもさじ加減が難しかったです。確かシナリオ本ではそのままになっているはずですが、ぼくが書いた台本は放送されたものよりもう少し必死感があるんですよ。旦那の不倫の証拠を見つけなくてはとＩＣレコーダーを忍ばせたり、わりと攻撃的な蝶子さんなのです。

河崎　眠っている武蔵の目をこじ開けて、武蔵のスマホの顔認証を解除していたのが面白かったです（笑）。

徳尾　1話か2話の放送前の映像を見たときに、大塚寧々さんの演じる蝶子さんがすごく素敵だったんです。大人の余裕があって、こんなピンチなのに可愛らしさがあって、どことなく自分ごとではない、とぼけた感じのところ、ちょっと天然な奥さんの感じに見えて。この奥さんは芯はしっかりしているけれども、ぎゃあぎゃあ大騒ぎせずにこの状況を乗り越えてくれるのではないかという。武蔵の気持にも寄り添いながら、本音では本当は弱い私なのよと言えたりもする優しい人。修羅場でもぎすぎすしない女性のほうがいいなとぼくは思って、大塚寧々さんの演技のトボケをうまく利用して、ちょっと方針を変えたんです。鬼嫁みたいな感じだと、たぶんそれはちょっと物語としてつらい方向にいく。自立している女性ですけど、どうやったらこういうピンチをこの50歳という年齢で乗り越えられるのか、なんとか蝶子さんがうまくいく方法がないかなと考えました。

河崎　そうですね。蝶子さんのやっていることが、ちゃんと笑いになったのがすごい救いで。だって本来だったらド被害者じゃないですか。とんでもない隕石が落ちてきたみたいな状況なのだけれども、彼女はそれこそ本当にとぼけた感じで上手く演じ上げてくださって、最終的には最近の若者の代表みたいな武蔵の部下の20代営業部員、マロに惚れられちゃうぐらいだから。見事な一本背負いみたいなものを見せてくれたなという印象があって、すごく好きだったんです。

徳尾　マロが惚れてしまうなんて最初から決まっていたわけではなくて、書いているうちに大塚寧々さんが演じる蝶子さんの柔らかさが魅力的だなと思って、じゃあこの女性に惚れる人はやはりマロだなと。彼女が演じてくれたというのはすごく大きいかな。

地雷原で綱渡り？

河崎　このドラマは誰一人不憫には書かれていないのが良いのですよね。まして、一番の犠牲者になりがちな設定のはずの蝶子さんが全く不憫ではないというところが、気持ち良かった。いまの時代、人生100年ということもあって、時間があるから皆人生でやり直しが利く。あれがもし不憫に描かれていたら、女性ファンの中でがっかりして見るのをやめてしまう人はいたかもしれません。

徳尾　だから地雷というとなんですけど、踏み間違えると爆発してしまうと思いながら書いていたので、蝶子さんはそういう意味でいうと難しいですよね。見ている方の世代にも近いし、不憫に書いてしまうとがっかりさせてしまうかもしれないし。逆に前向きすぎてもこんなじゃねえよと思うかもしれないし。そのさじ加減がいま思うと難しい。

河崎　どのキャラ設定でも、すごい綱渡りをされましたよね。

徳尾　綱渡りですよね、やはり。ただ現実社会において同性間の恋愛には、まだまだ生きづらいとか言いづらいとかいう声もある。だけどドラマではそういうわだかまりがない一つ上の世界に設定しているので、誰も同性愛を不思議に思わないのですよね。男同士なんだとか、うわーとか言う人が誰一人いないので、そこからスタートだから皆何かのギャグができるというか。ギャグをやっても大丈夫という。

河崎　たしかにそうでした。職場の45歳女性営業部員という設定のマイマイ（舞香）の

「春田君と牧君、いいんじゃないの、ぐふふ」みたいなテンションにすごく救われた感じがして、好きになりました。

徳尾　そうですよね、何考えているか分からないのだけど、いいですよね。

2次創作が山のように送られてくる

河崎　ネットの反応をご覧になりながら、印象に残ったことなどはありましたか。

徳尾　ぼくは毎日ツイッターを見るし、投稿するんです。すると本当にたくさん、山のようにリプライが来るんですよ。こういう話を考えてみました、という人もいるし。例えば、続編があるならこういう話にしてほしいとか、映画化が発表されると（※『劇場版おっさんずラブ～ＬＯＶＥ ｏｒ ＤＥＡＤ～』が２０１９年８月23日に全国東宝系で公開予定）、映画はとにかくこういう話にしてほしいとか。波風はもういい、ただいちゃいちゃしている姿だけを見せてくれとか、要望がすごく多いんですよね。

河崎　要望しておくといくらか実現したりするのですか？

徳尾　……と思われているのか、もういっぱい来るんですよ。でもたぶんドラマというものをこれまであまり見なかった方たちが多いみたいで。これまでテレビをつけてなかった人に、テレビの前に座ってもらえたのだなと、驚きました。

河崎　映画化は2019年夏ですね。

徳尾　そうなのです、それも発表になると皆さんの2次創作が送られてくるので、ぼくはもう本を書き終わりましたと先に宣言したんです。そうしたら、なんだ、もう書き終わってるのかって。じゃあこれから私たちがいくら何を言ってもだめなんだ残念、みたいな。ふふふ、作戦成功です。

河崎　確かにちょっとね、ファンの愛と念が強すぎて（笑）。

徳尾　徳尾なら聞いてくれるはずだとか、なんならもう私たちと一緒に作りましょう、みたいな盛り上がりが生まれるんです。その盛り上がりは嬉しいんですけどね。

河崎　言ったら聞いてくれると思われてしまうタイプ。

徳尾　でもそれはまずいなと思って。なんで聞いてくれなかったの、みたいな反応もあるし。結構ストーリーを自分の中で作り上げる方も多いから。放っておくと、何で答えてくれないのですか、答えないということはこういうことですよねと、どんどんストーリーが積み上がってくる方もいらっしゃるので。

河崎　怖い怖い怖い（笑）。

徳尾　なので、定期的にちょっと伸びた草を刈り取っているのです。

河崎　ＯＬ民（おっさんずラブファン）に、徳尾さんより少し上の世代の女性が多いのは、「おっさんずラブ」が少女漫画的だからという指摘がありましたよね。

徳尾　ぼくは中高時代に漫画を広く読んでいて、りぼんの「ママレード・ボーイ」とか「ご近所物語」とか、少女漫画も結構好きで。だからそういうのは近いかなと自分でも思いますね。

河崎　テンポやリアクションもそうだし、書き文字みたいな音声のセリフの感じも完全に漫画だなと思って。そうすると、たぶん40代の女の人たちって少女漫画と少年漫画を並列に読み始めた世代なので、そこに訴求したのではないでしょうか。「私たちが楽しいと思う世界をやっと書いてくれる脚本家が出た」くらいの上から目線で（笑）。

純愛免罪符

徳尾　もう少しコメディサインの強いドラマだと反応も違ったのかな。でも「おっさんずラブ」はＢＬともコメディとも言ってない気がする。

河崎　そうですね。純愛ってずっと言い通していました。

徳尾　純愛というテーマに嘘はないんですけど、あの言葉があることで、とても広めてもらいやすくなった気がします。たとえ「何ＢＬ見てるの」とか、「ＢＬなんでしょ」とか友達・家族に言われても、胸を張って「いやこれ純愛なんだよ」と言っていただける。

河崎　それって純愛免罪符ですよね。純愛という響きがいろいろなものを解毒してくれる。「世間体に関係なく魂のレベルで純粋に愛してるんだ！」と言われたら、それはしょうがねえなと返事するしかない。

徳尾　たまたま相手が男だった、みたいな。嘘ではないので事あるごとに言っていますが、それも免罪符になっているところがあるかもしれません。

河崎　みんなテレビに癒しを求めているんですね……。

徳尾　意地悪な登場人物が出てくると本当に嫌な気持ちになるとかいう意見を見ると、見ている人たちが本当に疲れているのかなと。昔はそうでもなかった気がするんです。意地悪な人が出てきたらそれはそれでと思えていた。

編集女子　日常で十分にキツい思いをしているから、テレビでまで見たくないということなのですね。

河崎　ネットの繊細さもそれかな、皆本当に疲れています。日々、リアルが疲れていて。

徳尾　そうなんですよね。だから、ツイッターでもなかなか気を使いますね。ちょっと前まではツイッターで毒を吐いても、別にそれは誰も傷つけるわけではない毒で、面白いで通用していた。でもいまは「何かあったんですか」とリプライが来る。いや、何もねえよ、別に面白いでいいじゃんと思うのです。「何かあったんですか」って、俺の精神状態がおかしいと捉えるらしくて。俺だってそんな良いことばかり言わないよと。

河崎　多くの人に知られているお立場だと、発信する内容に何か意図があるのかとか、裏を勘ぐられたりもしますよね。「これとこれはこのことを言っていたのですか」と、答え合わせをされたり。

徳尾　そうです。他の方が書かれたドラマのセリフが「おっさんずラブ」のセリフと似た部分があったりすると、「パロディなんかしてほしくない」なんて批判されているのを見ることもあるのですが、おそらくそういうことはなくて、たまたまなんですよ、どこにでもある言葉だから。やはりちょっと気にし過ぎているところがあると思いますね。

河崎　でもそういうことを言った人に対して、SNSでは「俺もそう思った」みたいな感じで皆かぶせて盛り上がるし、繊細だしね。

編集女子　陰謀論が好きですしね。

徳尾　繊細だし、陰謀論好きなのですよ、皆さん。ネットには良いところもたくさんあって、いまの30代~50代の子育て中の人とかも、ネットに来ればわいわい同じ趣味で語り合えたり盛り上がれたり、ぼくも輪の中に入れてもらっている感じが面白いなとすごく肌で感じるんですけれどね。

河崎　いまはクリエイターもネット当事者ですね、完全に。

テレ朝に「徳尾ルーム」が欲しいです

河崎　実際、「おっさんずラブ」の経済効果はすごかったですね。
徳尾　あまり自分には関係ないことですが（笑）。
河崎　これだけ社会を賑わせたのだから、ボーナスとか。
徳尾　ないですね（笑）。会社員じゃないのでボーナスとかはない。あと、たぶんヒットしてもドラマ自体の制作費が上がるという仕組みではないのですよね。でもヒットしなくても別にそこは責任を負わなくて良いし、ヒットしても別にリターンはないので、物語に集中できると言えばできるのです。結局でもこうやって取材を受けたりとか、次のドラマでこういうのをやらないかとオファーを受けたり、次の仕事に繋がっていくというのが一番ありがたいことです。
河崎　月9みたいな枠で絶対に当てなくてはいけない、というようなプレッシャーが少なかったことが、むしろ勝因かもしれないですね。

徳尾　それと原作がないので、ある程度自由にできたというのが大きい。キャストも早く決まっていたので「あの俳優さんだから、こう書こう」とあて書きさせてもらえた。あとで書き直したりもしましたが。

河崎　書く人にとっては冥利に尽きませんか。自由にやってよくて、キャストもこれだけ揃えたから好きに動かしていいよ、でしょう。こんなに成功したのですから、ボーナスなくても局内に徳尾ルームぐらいできてもいいのでは？

徳尾　徳尾ルーム欲しいですね。執筆で、確かになあ。

河崎　一部屋ぐらいはもらっていいような気が。書いておきます。徳尾ルームが欲しいと。

徳尾　「徳尾ルームが欲しいです、窓がある部屋」（笑）。

河崎　では最後に、『劇場版 おっさんずラブ〜LOVE or DEAD〜』について意気込みを。

徳尾　とにかく、頑張ります。連ドラではいちおう話としてきれいに完結して、これ以上何するのだ、という声もあるのですが、ぼくとしてはまだやり残したこともあるので、2時間ぐらいの映画の中で全てを出し切るつもりで。でもファンの皆さんは本当にキャラクターを愛してくれていて、春田、牧、部長、彼らの平穏な日常だけを見せてくださいみたいな、なわけねえだろうと思って。2時間平穏なだけなんて、そんな映画ねえだろうと（笑）。もうクランクアップしたので、ぼくも完成を楽しみにしているところです。

編集女子　映画で蝶子さんとマロさんの展開はありますか。

徳尾　あると思います、それはちゃんと全キャラクターに。そして皆さんに繰り返し見てもらえるように、何かちょっとしたいろいろな仕掛けができたらいいなと。

編集女子　書く側からして違いますか、テレビドラマと映画は。

徳尾　やはり違います。テレビは割とテンポ良く細かい動きでも良いのですが、テンポが良すぎても映画の場合は疲れちゃうので、やはり映画ならではの迫力なども、緩急使い分けてやりたい。じっくりしたお芝居のシーンを作りつつ、激しい映画的な動きの面白さとか、絵のきれいさとか、そういうところもイメージして書いています。

河崎　新キャストには、沢村一樹さんや志尊淳君もいらっしゃるとか！　個人的には鼻血モノの予感満載、楽しみにしています。応援上映とかあったら、全力で声出しに馳せ参じますよ！（笑）。

これが笑顔マックスです（徳尾）。
そのマックス値が低いっていう……w

あとがき

入り口は「女子」で始めたはずが、女についていろいろ考察する旅を経て、出口が「おっさん」。女子から入っておっさんから出る本になってしまった。どういうことだ。それは筆者の何かが反映された結果だとでもいうのか。失敬だ。いや、書いたの自分だから。

前作『女子の生き様は顔に出る』から2年と少し、その間に私は「女装キャラ」となった。どう控えめに見ても上背あるしガタイもいいし、ゆるふわとかフェミニンとか間違ってもガーリーとかそっち方面ではないのだが、不慣れなテレビとかファッション誌とかに呼んでいただくことがたまたま続いて、ダイジョーブ「怖くない」ですよー、噛みつかないですよー、と世間にアピールするために外見だけでも優しげなヒラヒラした格好をするようになったら、癖になった。

それなのにイケメンイントラを見たいあまり、フィットネスジムでダンベルをブンブン振り回すものだから、どんどん筋肉がビルドアップして、もともといかつい体つきがもっといかつくなっていく。それを隠すように服装はさらにゆるふわフェミニン傾向を増し、なおさら「女装感」が加速するいっぽうの今日この頃である。

40歳になったとき、40の旅路の入り口で私が打ち立てた抱負は「おじさんじゃなくておばさんになる」だった。私の場合、重力と時間という物理の流れに身を任せていたら、ごくナチュラルにおじさんになれてしまう予感しかしない。さて、私は無事におばさんになれたのだろうか。それとも、おばさんではあるけど、無事ではないのだろうか。

この本は前作を踏まえ、無事じゃないおばさんの私を200％サポートしてくださる強力なプレジデント社編集チームとのタッグ（というか介護関係）によって企画・制作された。

そのチームのマスコット（？）がプレジデント社書籍部・渡邉崇さん。お忙しい中を縫って女性チームにネタを振ってくださるたび「そのセンスはナイ」「そうじゃない」と

（河崎からの）猛反撃を受け、でも挫けずに「プレジデントでは女性のエッセイ本はあまりないので興味深いですよ」と飄々と面白がっておられる柔軟さ、マインドの強さが印象的だった。

実現性を全く無視し、昭和の少女漫画のような花柄フリルの世界観をぼんやりと語る河崎に対して冷静で現実的なアドバイスをくださったり、ネタ振りをしてくださったのは、前プレジデント社編集者・吉岡綾乃さん。中高一貫女子校の演劇部で先輩の彼女が演出、後輩の私が演者という関係を築いて以来、大人になってもそんな感じで仕事をしている不思議を噛みしめる。彼女のメディアセンス、情報センスに私が寄せる信頼は絶大なのだ。

そして締め切りを設定しないと一向に書こうとしない河崎の習癖を熟知し、制作進行を握ってきっちりとスケジュール管理をしてくださったのは編集協力者・大西夏奈子さん。何かと言い訳をして心が折れがちな私に「頑張りましょう、河崎さんは面白いですお！」と言い続けてくださって本当にありがとうございます。今回、各所の取材モノ執筆や連載の間を縫ってこれだけの書き下ろし本数をこなせたのは、おーにしさんの激励のおかげです。

さらに、この本に収録したウェブメディア各所での連載コラムを担当してくださった、有能でクリエイティブな編集者さんたちにも、心から感謝を。日経ＷＯＭＡＮオンラインでの連載担当・日経ＢＰの長野洋子さん、ｃｉｔｒｕｓでの連載担当・Ａｌｌ Ａｂｏｕｔ（オールアバウト）矢野智絵さん、プレジデントオンラインでの連載担当……は先ほどの吉岡先輩。皆様の的確な河崎観察とネタ出し、優しい激励に迅速かつ正確なご編集力に助けていただき、（大小のネット炎上にもめげず）連載を続けることができました。本当にありがとうございました。

さらにさらに、「おっさんずラブ」脚本家の徳尾浩司さん！　対談にご出演いただく願いが叶って、私たち書籍制作チームの血圧は噴き上がりっぱなしでした。ぜひテレ朝に徳尾ルームが実現しますように。

我が家は子供たちも（夫も。笑）すっかり大きくなり、「大人の家」になってしまった。自立してそれぞれに個性と得意技のある彼らが世間をクルーズし、独自の切り口で世の事象を見聞きして持ち帰り、毎日あーでもないこーでもないとウィットたっぷりに議論するのは知的刺激に富んで最高だ。そんな中でおかーさんがいつも「今日も原稿が」と愚痴るのを「またか」とクールに聞いてくれて、みんな本当にありがとう。我が家は皆ユーモア精神が旺盛で、キツめのジョークにも当意即妙な返しができないと「そんなんでいい芸人になれるか！」と叱咤が飛ぶという厳しい環境だが（私たちは何を目指しているのか）、おかーさんもドロップアウトしないように頑張るよ……。

そして最後に、私の拙い原稿をそれでも読み続けてくださる読者の皆様、いつも本当にありがとうございます。また何かの場面で、お目にかかれますように！

２０１９年６月

河崎 環

河崎　環（かわさき・たまき）
コラムニスト。1973年京都生まれ神奈川育ち。慶應義塾大学総合政策学部卒。時事、カルチャー、政治経済、子育て・教育など多岐に渡る分野で記事・コラム連載執筆を続ける。欧州2カ国（スイス、英国）での暮らしを経て帰国後はWebメディア、新聞雑誌、企業オウンドメディア、日本政府海外広報誌などへ多数寄稿、2019年度立教大学社会学部兼任講師も務める。社会人女子と中学生男子の母。著書に『女子の生き様は顔に出る』（プレジデント社）。

初出
2章は「citrus」（2016/3/24〜2019/1/31）、3章、4章および6章「なぜ私たちはドラマ「おっさんずラブ」に心酔したのか」は「日経WOMAN」（2017/1/12〜2018/12/5）、5章は「プレジデントオンライン」（2017/4/24〜2017/9/5）に掲載されたコラムを加筆修正。1章と6章「特別対談」は書きおろし。

オタク中年女子のすすめ
#40女よ大志を抱け

2019年6月15日　第1刷発行

著　者　河崎 環
発行者　長坂嘉昭
発行所　株式会社プレジデント社
〒102-8641 東京都千代田区平河町2-16-1
平河町森タワー 13F
http://president.jp　http://str.president.co.jp/str/
電話　編集（03）3237-3732
　　　販売（03）3237-3731
編　集　渡邉 崇　大西夏奈子
販　売　桂木栄一　高橋 徹　川井田美景　森田 巌　末吉秀樹
装　丁　秦 浩司（hatagram）
装　画　西山寛紀
撮　影　原 貴彦
制　作　関 結香
印刷・製本　図書印刷株式会社

ISBN978-4-8334-2327-4
Printed in Japan